ADIEU TANGER

SALMA EL MOUMNI

ADIEU TANGER

roman

BERNARD GRASSET
PARIS

ISBN 978-2-246-83198-3

« Je réponds ordinairement à ceux qui me demandent raison de mes voyages : que je sais bien ce que je fuis. »

Montaigne, *Essais*

1.

Tu es restée longtemps face au miroir à te fixer, essoufflée, les pommettes rougies comme giflées, la peau du cou moite, les mains tremblantes. Tu as essayé de te regarder de l'extérieur, la rondeur du sein que l'on devine sous le vêtement, même épais. Tu as essayé de te voir à travers le regard de ces hommes, du cou au ventre, les fesses que l'on devine devant et qui dépassent du pull trop long, le jean moulant, le sexe trop souvent regardé. Tu as baissé la tête vers ton pubis pour chercher ce qui pouvait bien arrêter leurs yeux sur ce triangle, les plis, les angles. Tes doigts se sont posés sur la braguette, tu ne comprenais pas la fascination. Tu les as retirés, ils brûlaient en survolant le tissu, l'ourlet et la ceinture, la peau du ventre. Tu ne posais d'abord que l'index, puis tu as fini par comprimer la chair, le doigt qui s'enfonce. Avec la pression, la peau blanchissait un temps avant de retrouver sa pâleur jaune habituelle.

Tu ne sais plus combien de temps tu es restée ainsi, la respiration s'est apaisée, les joues ont retrouvé leur couleur naturelle. Le silence a envahi les murs et ta gorge, un calme étrange face à ce corps morcelé devenu étranger.

Tu as commencé à prendre des photos peu de temps après être rentrée du lycée. Au hasard des rues vides, comme le sont tous les quartiers au Maroc le vendredi midi, jour sacré, quelques hommes se baladaient en costume, alors que d'autres sortaient en jellaba ; la banque et la mosquée ne sont jamais bien loin. Tu marchais ainsi, connaissant le chemin par cœur. Tu aurais pu t'y rendre les yeux fermés, tu aurais sans doute dû t'y rendre les yeux fermés, maintenant que tu y songes.

Un groupe d'hommes bordait la route. Tu ne les as pas regardés, tes yeux ne s'attardaient jamais sur les inconnus et ta route était tracée d'avance. D'habitude, tes écouteurs te protégeaient des commentaires qui te feraient inévitablement réagir, mais ils étaient restés au fond du sac. Tu as tout entendu, et as préféré laisser les rires derrière ; tu ne risquais pas grand-chose, à midi.

Quelqu'un t'a sifflée, et les manches trop longues malgré le soleil ont commencé à te peser. Tu as traversé brutalement afin d'éviter qu'ils te touchent et tu n'as pas vu la voiture qui passait. Les conducteurs accélèrent souvent quand ils voient une fille traverser, par provocation. Mais cette fois, en colère, tu t'es arrêtée devant le véhicule, fixant l'homme au volant. Tu n'as pas eu peur de te faire renverser. Une lassitude s'est emparée de toi. Les pneus ont crissé et il a sorti la tête de sa voiture, en criant. Cet homme vêtu de blanc t'a dit que tu *cherchais les problèmes*, habillée comme ça en plus. Lui portait du blanc parce qu'il allait prier. L'ironie de la situation t'a agacée, alors tu le lui as dit. Ton sac est tombé de tes épaules quand il s'est précipité vers toi, laissant sa portière ouverte, et tu as tenté de le repousser avant de te mettre à courir, laissant derrière toi ses insultes et ses mains. Arrivée chez toi en sueur, l'odeur du repas s'est mêlée au goût du sang de tes joues trop fort mordues. Tu t'es réfugiée dans la salle de bains pour chercher ce qui n'allait pas dans ta tenue, vérifier aussi qu'il n'y avait rien qui puisse trahir ce qui venait de se passer, hormis la transpiration sous ce pull hors saison qui servait à cacher tes bras et tes fesses.

Après ça, il n'était plus question de porter d'écouteurs, tu croyais qu'il était de ton devoir d'absorber tout ce qui se disait, les têtes secouées lentement en signe de désapprobation, les regards en train de fixer tes seins couverts. Chaque soir, en rentrant, tu toisais ce qui avait pu attirer l'attention. Le processus était le même, tu découpais chaque partie de toi, petit à petit, tu disséquais, observais, touchais, pinçais. Tu esquissais quelques mouvements devant la glace pour voir ce que les gestes changeaient au corps, et à ce qu'on y percevait : la manche tirée par le sac à dos dévoilait une clavicule, les bras croisés gonflaient les seins, le bras levé au tableau ou au supermarché dévoilait le ventre. Et puis finalement, tu as réalisé que te fixer dans la glace ne suffisait pas. Tu as attendu la nuit, à l'heure où tous dormaient. Tu as posé le téléphone sur ton lit, et tu t'es regardée. Tu ne t'étais jamais déshabillée de cette façon auparavant, mais tu voulais voir ce qu'ils imaginaient de l'extérieur. Voir ce qui les dérangeait. Au début, tu restais immobile devant la caméra, debout, les bras ballants, la tête penchée d'un côté, de l'autre, et fixais le résultat. Puis tu as retourné le téléphone, tu ne voulais plus avoir le retour caméra, tu prenais des photos sans poser, afin d'atteindre cette étrangeté parfaite, au hasard. Tu mettais un minuteur, prenais des photos en rafale, persuadée qu'ainsi tu dévoilerais un secret ignoré de tous, celui qui leur fait tourner la tête sur une fille après l'autre. Tu marchais, faisais des allers-retours dans la petite chambre, puis tu t'arrêtais, faisais mine d'être occupée, comme dans la rue en attendant que le feu passe au vert, ou chez l'épicier, ou en faisant la queue à la pharmacie.

Au départ tu ne cherchais aucune sensualité, tu ne comprenais même pas qu'il puisse y en avoir dans ce corps lambda. C'était devenu une habitude, un rituel du soir. Tu t'asseyais, t'allongeais, cambrais le dos pour mieux voir sous tous les angles, tournais sur toi-même et redécouvrais l'espace de ta chambre, où des objets traînaient : un peignoir, une jupe, des dossiers, de la poussière. La sourdine d'enfance laissait place aux regards étrangers qui t'accompagnaient jusque dans la solitude de cette pièce adolescente. Tu trouvais belle cette figure figée à travers l'écran du téléphone. Certaines parties de toi étaient attirantes, tu le pensais. Immobile, le téléphone dans tes mains, tu passais de longues minutes à examiner les photos une par une, un petit sourire aux lèvres. Tu ne les regardais pas comme tu te serais regardée, mais comme si tu observais une femme dans la rue, comme si toi aussi tu étais devenue l'un de ces hommes qui se retourne sur ton passage, la tête penchée pour mieux voir. Tes poses variaient : l'homme assis en terrasse d'un café n'avait pas la même vue que celui assis sur les marches d'un immeuble, ni celui de l'épicier ou du garde d'une administration quelconque. La frontière entre ces hommes et toi se brouillait à mesure que les photos s'accumulaient, que les jours passaient. Tu étais à la fois toi et un autre. Toi au moment des photos, un autre quand tu les observais. Tu pensais saisir quelque chose, tu pensais mieux comprendre ce que tu représentais, l'objet que tu devenais. Tes yeux étaient leurs yeux ; leurs mains, tes mains. Tu touchais ton bras, ton épaule, ta main se serrait autour du cou, puis le thorax entre les seins, le haut du ventre, l'aine. L'objectif du téléphone tenait en équilibre approximatif, entre deux livres, contre un abat-jour, posé face au mur. Tu mettais le minuteur, tu revenais à ta place, tu comptais en silence les secondes qui te séparaient du cliché immortalisé. Cinq, quatre, trois, deux, un… et la chair figée qui t'échappait au moment du cliquetis. Le corps que tu voyais sur les photos devenait plus incarné à mesure que tu le séparais du corps dans lequel tu vivais. Le corps des photos devenait séducteur, sensuel, les poses le suggéraient, le regard également.

Les photos ne sortaient jamais du téléphone. En dehors de ces séances, tu n'y touchais pas. Elles étaient là seulement pour créer un médium entre toi et toi-même, un moyen de détourner le regard et t'observer de l'extérieur. En n'y mettant pas de visage, sans intérêt puisque toujours dévoilé, tu arrivais petit à petit à dématérialiser ton reflet, à y trouver une sensualité tuée. C'était au-delà du vêtement que tu cherchais. Il fallait que tu regardes, auscultes. Tu pliais ton corps, faisais des petits tours sur toi-même, testais différents angles. Progressivement, les photos étaient plus travaillées, les poses recherchées. Tu as secrètement commencé à aimer ce corps puis tu as évoqué ces photos à Ilias, un soir ; sa mécompréhension, les sourcils froncés, l'inquiétude. « Fais attention à toi, si quelqu'un tombe dessus, tu finis en taule. Tu te souviens des filles qui ont été arrêtées au marché parce qu'elles portaient des jupes ? Imagine si on tombe sur ça. » Tu avais pris peur au départ, tu avais cherché sur internet. « Quiconque, par son état de nudité volontaire ou par l'obscénité de ses gestes ou de ses actes, commet un outrage public à la pudeur est puni de l'emprisonnement d'un mois à deux ans », mentionne l'article 483 du Code pénal.

2.

À Lyon, vous deux seulement, et le bruit autour des tasses qui s'entrechoquent sur les tables en verre, celui des couteaux sur les assiettes. Tu ne sais pas combien de temps s'écoule ainsi, à toiser la silhouette de Quentin en face de toi, jusqu'à ce que des picotements se forment, des lumières vertes et jaunes en mosaïque t'aveuglent. Ton ventre se noue, un poids se forme sur ta nuque et te fait courber l'échine. Lui aussi reste là, il regarde son téléphone, un semblant de sourire aux lèvres. Il s'est arrêté sur le trottoir, a enlevé son casque, ses cheveux sont tombés. Tu ne sais pas s'il t'a vue mais c'est déjà trop tard. Comment a-t-il pu te retrouver ? L'angoisse fait bourdonner tes tempes et descend jusqu'à ta gorge. Le plateau tremble entre tes mains. Il n'y a personne pour te rassurer. Tu te répètes : « C'est pas vrai, ok ? il existe pas, ok ? c'est pas lui, ok ? » Ok ?

Tu finis par quitter le restaurant par la porte arrière en balbutiant quelque chose au gérant, et cours sans te retourner jusqu'à chez toi. Tu cours et dans ton halètement tu t'entendrais presque pleurer. Les années ont passé mais tu peux reconnaître sa silhouette partout, tu l'as imaginée tant de fois, tu as cherché ses photos pour vérifier à quoi il ressemblait aujourd'hui, pour le surveiller, t'assurer. C'était bien lui avec ses cheveux au vent, les grains de beauté et son anneau au majeur.

Tu as rencontré Quentin au lycée. Assise près de lui, isolés de tous, il t'avait écrit *I bet you look good on the dancefloor* sur un bout de papier, de son écriture rapide et italique, puis avait regardé tes lèvres. Tu l'avais déjà remarqué de loin, avec son air malicieux. C'était le seul Blanc de la classe. « Écoute-la ce soir. » Il ne l'avait pas proposé, il l'avait presque exigé. Tu n'avais pas osé lui répondre ; le mot a été longtemps gardé précieusement quelque part dans tes cahiers, relique d'un monde nouveau qui s'ouvrait à toi et dont tu n'osais te séparer.

Ce que tu as toujours aimé chez Quentin, c'est qu'il s'intéresse aux détails des choses. Pas autant que toi, certes, mais cette lueur dans ses yeux bleus te plaisait, cette lueur qui ne s'éteint jamais.

« Tu portes plus ton collier.

— Ilias m'a dit qu'on sera jamais ensemble, que Tanger et Casa sont trop éloignées et que ça peut pas marcher. Je lui ai rendu. »

Quentin sait de qui il s'agit ; il sait tout ce que représente Ilias pour toi, et ne dit rien, parce qu'il a vu tes yeux rouges bercés de larmes. Tu t'assois près de lui, et sa main pose délicatement ta tête contre son épaule. Vous restez ainsi à fixer le vieil arbre sous le soleil chaud de janvier.

Quentin t'emmène dans un bar de Tanger que seuls les expatriés fréquentent d'habitude, s'isolant dans un entre-soi qui leur vient très naturellement dès qu'ils s'installent au Maroc. Même dans les cours de récréation, les groupes de Français se distinguent des autres.

L'esprit d'aventure de *l'expatrié* disparaît ici, jusqu'aux prix des consommations indiqués également en euros, comme si la monnaie locale n'avait jamais compté, qu'elle n'était qu'un détail insignifiant dans leurs journées. Le bar est situé dans une ruelle de la Médina qui sent l'urine, au-dessus du Petit Socco. Des bouteilles de verre gisent brisées au sol, le liquide ambré brille sous les lumières tremblantes des quartiers mal éclairés. Quentin se lève pour danser seul sur la piste. Ses ambitions te laissent perplexes, sa confiance en lui te fait rougir.

Vous revenez souvent dans ce bar, tu mens à tes parents le soir de ton anniversaire en prétextant dormir chez une copine pour passer la soirée avec lui. Quentin semble mieux connaître que toi les rues de Tanger qui n'est pourtant sa ville que depuis peu, Tanger qui est tout ce que tu connais. La nuit est noire et ses lumières grisantes, l'air frais de la mer caresse vos bras, le sel se pose au bord des lèvres. L'air de la Méditerranée adoucit les violences adolescentes, avant de finir par les rendre insupportables. À cette soirée d'anniversaire, tu n'as pas envie de rentrer, profitant de l'un de tes rares moments de liberté. Tu le lui dis, doucement, mais il ne réagit pas. Tu te demandes s'il t'a entendue. Quentin continue de marcher en fixant ses chaussures, ses pensées sont ailleurs. Lui sait qu'il partira, qu'il rentrera un jour *chez lui*, que ce pays n'est qu'une parenthèse ; il l'est pour tous ceux qui ont les moyens de le quitter, devenant alors une prison pour les autres.

Tu t'installes dans le bar, promènes ton regard autour comme le ferait une privilégiée, tu regardes Quentin s'éloigner vers le comptoir. Cette musique dont il t'a parlé passe et il te cherche des yeux dans la foule, le goulot de la bière à ses lèvres, le moment ne dure qu'une seconde durant laquelle sa bouche caresse le bord de la bouteille en verre. Il est beau, ses pas témoignent de son assurance dans cette atmosphère qui lui est familière. Son corps trahit l'aisance d'un garçon conscient de son pouvoir de séduction et du charisme qu'il dégage, quand bien même cette beauté serait moindre en France au milieu d'autres hommes qui lui ressemblent, au milieu de femmes moins sensibles à la banalité de ses traits. Il sait que tu le fixes, que sa différence intrigue, il est l'un des seuls blonds du lycée. On dépeint souvent la beauté d'une femme qui danse, rarement celle des hommes. Pourtant, tu le vois sous les néons et les mots se bousculent en toi. Son haut noir moule son torse, les muscles de son dos se tendent, ses fesses serrées se déhanchent lentement. Son corps dit le confort adolescent d'un garçon qui voyage, qui a été à Chamonix, aux États-Unis, à Bali, tant de lieux que tu es condamnée à connaître de nom seulement. Quentin t'a offert un corail rapporté des îles avec une désinvolture qui t'a désarçonnée, toi qui ne pourrais jamais espérer avoir un bout d'exotisme posé sur ton étagère, trophée réservé aux gens qui ont fait le trajet. Avant d'y atterrir, il t'avait envoyé une photo de lui à l'aéroport Charles-de-Gaulle où il faisait escale, et tu t'étais surprise à lui envier cet endroit de passage, à vouloir être assise sur les chaises inconfortables des salles d'embarquement, ne serait-ce que pour voir des bribes de Paris, être ailleurs.

La chaleur qui monte contraste avec le mur tiède sur lequel tu es appuyée. Les yeux de Quentin se ferment alors qu'il tourne sur lui-même, les lumières miroitent sur sa peau moite, il semble oublier ta présence, ses lèvres s'entrouvrent, ses doigts fins frappent contre son torse. Et ton cœur se met à battre au rythme de la musique. Il n'y a pas assez de place pour vous deux dans cette salle. Tu es de trop dans ce microcosme européen, et pourtant tu choisis d'y rester, de garder ce cadeau inespéré que l'on te fait, loin de la violence des rues, de l'odeur d'urine et des bières brisées à l'extérieur. Sans oser le penser, tu sais que tu ne peux pas te lever et danser avec lui, car tu n'es pas tout à fait à ta place. Ton corps reste aimanté à la chaise, tu te contentes d'observer, un sourire timide, n'osant pas toucher ton soda dans lequel les glaçons fondent lentement. Au bar, tu vois certains de vos professeurs, tous français, qui vous reconnaissent au loin et te saluent d'un air poli, crispé, le sourire plus amusé lorsqu'ils observent Quentin. Au milieu des adultes, vous avez l'air de deux enfants perdus, Quentin rit bruyamment.

Vous finissez par quitter la soirée après une dernière cigarette. Tu aimes le voir fumer, tu n'as d'ailleurs commencé à le faire que pour l'accompagner, pour te sentir moins étrangère, plus proche de lui. Tu chéris l'intimité que ce geste vous procure. Vous retrouvez les rues vides, les visages nocturnes, ceux dont on ignore l'existence le jour, les corps qui ne vivent qu'à travers les tabous du soir tombé ; et par là même tu retrouves la terreur. Quentin marche devant toi, se retourne, s'arrête, ses lèvres se posent sur ta joue en l'effleurant à peine, à quelques pas de chez toi car vous ne pouvez pas être vus ensemble, de peur d'éveiller les commérages. Une Arabe n'a rien à faire à côté d'un *nesrani* à cette heure de la nuit. D'ailleurs, tu n'as rien à faire seule ici. Il en joue, renforçant l'impression d'interdit. *Joyeux anniversaire.* À l'aube, sur le trottoir d'en face, tu attends de voir la silhouette de Quentin disparaître avant de monter, tu te demandes s'il va se retourner, prête à courir dans sa direction au premier signe. Mais les esprits tranquilles ne se retournent jamais, ils font confiance au monde, à l'aube, au soleil qui arrive, rentrent chez eux et dorment paisiblement. Ce sont les esprits comme le tien qui ne se fient pas au bonheur et restent immobiles au milieu de la rue, à se demander où aller.

Quelques semaines plus tard, vous dansez cette fois à deux, dans sa chambre. Tu portes son chapeau de paille *jebli* sur tes cheveux qu'il a tressés. Il s'est assis, essoufflé, et a posé tes jambes sur ses cuisses. Sa peau luit d'un fin voile de sueur, il fait des grimaces pour te faire glousser. Le silence ne vous gêne plus.

Puis Quentin t'embrasse. Tu t'entends encore rire quand ta tête plonge dans ses grands oreillers, tu vois encore son corps qui plane au-dessus du tien tandis qu'il déboutonne maladroitement ta chemise. Ses doigts butent et tu souris en l'aidant.

Quentin a un nouveau bracelet autour du poignet. Un peu usé, un peu vieilli, bleu avec un cercle en argent. Il a les cheveux plus longs avec des reflets or et tu ne cesses de compter secrètement les grains de beauté sur sa peau hâlée. Tu n'oses pas lui dire combien il te fascine, combien il te plaît. Tu te sens privilégiée d'être regardée et désirée par lui. Vous êtes en mars.

Puis Quentin t'évite. Il te regarde à peine, ignore tes appels. Tu reçois un mot de lui qui dit « il y a une soirée samedi chez moi, si tu veux ». Au milieu des autres, ton regard cherche le sien, mais la fumée de sa cigarette t'empêche de l'atteindre. Tu le suis. Il te bloque brutalement contre un mur et te dit des choses. Dans son regard il y a de la haine, et un peu de tristesse. Tu ne le suis plus mais restes là, contre un mur. Ton monde s'écroule, tu sais que c'est le début de la fin. Tu le sens mais tu ne veux pas l'accepter. Vous êtes en avril.

Tu halètes car tu as couru. Ta jupe monte sur tes cuisses et tu la descends en dandinant, gênée. Tes mains tremblent. Un pharmacien t'attend sur le trottoir d'en face, devant le vieux restaurant japonais qui prend la poussière. Il te sourit brièvement, en regardant ailleurs avec embarras et nervosité. Dans sa main, il y a un sachet de pharmacie. Un test et une pilule *au cas où*.

En te le donnant, il frôle ton épaule d'un geste qui se veut rassurant.

« Prends soin de toi, d'accord ? »

Tu n'entends plus que le bruit des voitures, tu ne respires plus au milieu de cette pollution poisseuse qui étouffe tes cheveux, tu ne sens plus que la brûlure au creux de ton ventre. Vous êtes en mai, et il ne reste rien du Quentin que tu as aimé.

Lorsqu'il revient vers toi quelques mois plus tard, un soir où vous rentrez à plusieurs de la plage, serrés dans le vieux taxi, sa jambe contre la tienne, tu comprends qu'il veut rentrer avec toi et tu te raidis. *Plus jamais.*

« Arrête, je les ai vues, les photos que tu prends. »

Tu n'as pas réagi sur le moment, ignorant s'il les avait ou pas. La terreur n'avait duré qu'un instant, tu as rationalisé : il avait dû les apercevoir sur ton téléphone un jour, pendant qu'il mettait de la musique, quand vous étiez chez lui. Il ne pouvait pas les avoir. C'est ce que tu te répétais, jusqu'à finir par y croire. Quentin ne s'est plus manifesté depuis ; tu en es restée là.

3.

Tes mains tremblent, elles sont moites, tu transpires d'un coup, la chambre semble étroite désormais. Tu t'étires, visage contre les draps du lit, et en te relevant tu remarques que des larmes ont coulé sur le tissu gris.

Est-ce que tu l'as vraiment vu ? Ce ne serait pas la première fois que tu crois le reconnaître. Pourtant il n'a jamais semblé aussi réel, tu aurais presque pu sentir son haleine sur ton cou. Mais comment se fier à cette sensation, tu ne comptes plus le nombre de soirs où, en rentrant chez toi, tu allumais la lumière de ta chambre avec la certitude de le voir assis sur la chaise à t'attendre. Ou debout dans le couloir à l'angle, quand tu montes les escaliers. Tu sursauterais presque. Tu essaies de te concentrer, d'y réfléchir pour de vrai. La moue de Quentin, les mains de Quentin, la voix de Quentin. Ça ne peut être que lui.

Le premier réflexe est celui de la violence, chez toi les pulsions sont toujours d'abord masculines. Les coups ont fait durcir la peau. Avec les années, tu es devenue rugueuse, cuir d'éléphant qui n'oublie rien de ce qui l'a traversé. Les larmes se sont mêlées à la boue et n'en demeure qu'une amertume glacée. Mais tu te contentes de fixer tes doigts rongés, comme ça ils ressemblent à ceux de ta mère : les gros os ressortent davantage, tu les sens moins fins, plus nerveux. Quelque part, tu savais que Quentin n'entrerait pas, qu'il resterait à l'extérieur du restaurant. Il ne t'a probablement même pas vue, il ne sait sans doute pas que tu vis ici, à Lyon. À moins qu'il t'ait cherchée sur internet ? Ou qu'il l'ait su par quelqu'un du lycée qui t'aurait aperçue ici ? Le voir signifie que tu ne peux plus continuer de jouer à la petite Française, qu'il est à Lyon pour dire à tout le monde qui tu es vraiment. Sa voix tourne en boucle depuis des années :

« Et donc tu faisais des photos sexy ? »

Il t'a toisée du regard avec ses yeux bleus liquides en mordant dans sa fajita. La sauce rougeâtre coulait sur son doigt, sa paume, avant qu'il ne plante violemment les dents dans la chair de sa main, sans jamais te quitter du regard. Tu as immédiatement regretté d'être venue chez lui, tu n'avais soudain plus faim, tu voulais partir. Essayer de parler n'avait pas de sens, tu ne comprenais pas pourquoi il faisait semblant de le découvrir, comme s'il t'humiliait à nouveau, à travers ces faux-semblants. Un toussotement maladroit t'a échappé, ta gorge était sèche et tu as essayé de te raccrocher au verre d'eau dont la condensation perlait.

« Non, j'écrivais aussi. »

Réaliser aujourd'hui combien ton pays t'a fait suffoquer, au point que tu doives exprimer ton désir d'être vue à travers ces photos, plutôt que de vivre une adolescence normale comme les *autres* – mais quelles autres ? Au Maroc, tu sais que ne sont tranquilles que celles qui n'ont rien manifesté, celles qui n'ont pas été surprises. Les autres sont étouffées par des vidéos, des messages, des photos, des audios, une virginité perdue ou un sein dévoilé, un soir où elles ont senti un vent de liberté gonfler dans leur ventre et qu'elles regretteront une vie entière.

Il a laissé un petit rire lui échapper : « Tu as déjà écrit sur moi ? »

Tu as menti. « Non. » Il s'est essuyé la bouche puis adossé sur son siège en soupirant lentement et bruyamment, un soupir haché par l'excitation. Il a croisé les bras bronzés sur sa chemise aux couleurs estivales. Tu as essayé de ne pas t'attarder sur les avant-bras que tu imaginais se resserrer autour de ton cou avec appréhension. Ta nuque engourdie te pesait, tes yeux glissaient systématiquement vers la porte du salon, tu visualisais le couloir qui donne sur le grand jardin colonial et les marches qu'il fallait dévaler en courant à toute vitesse pour t'en aller de là. Tu arrivais à te voir fuir, tu essayais de te figurer mentalement où était ton sac, comment te lever l'agripper partir et courir sans qu'il ne puisse te rattraper. Comment sortir de là sans avoir les joues rouges le souffle coupé les cheveux ébouriffés, ne pas susciter la suspicion des passants. Tu te répétais mentalement « je me lève je prends mon sac à droite je cours vers la gauche j'empoigne la porte et je cours, je fais attention aux trois grandes marches puis je tourne et je dévale les escaliers. Ne pas tituber, ne pas s'écrouler, ne pas répondre au jardinier ». Il l'a sûrement senti, sa mâchoire s'est contractée et ses lèvres ont frémi dans un semblant de moue.

« Tu sais ce qu'on dit sur toi ? »

Tes yeux avaient quitté la porte pour le regarder, effarés. Là, il n'y avait plus de porte ni de course. Il savait sur quelle touche appuyer : ce n'était qu'une question d'heures, de jours, avant que la police ne débarque chez toi. Comme le soir où vous avez été surpris à vous embrasser derrière les lierres du lycée, le flic l'a laissé partir parce qu'il est *nesrani*, avant de te cracher dessus. Tu avais passé des heures au commissariat et lui avais tout raconté le lendemain. Quentin a vécu suffisamment d'années à Tanger pour savoir comment les choses y fonctionnent.

Il a fini par dire : « Tu vas devoir foutre le camp d'ici. À moins que ton père ne soit déjà au courant ? »

Ses mots contrastaient tant avec son visage, ses yeux brillaient devant l'humiliation. Quelque chose t'a clouée à la chaise, la peur de tomber peut-être. Tu étais sur le point de le supplier de t'épargner, il s'est levé et a dit « On va dans ma chambre ? ». Ce n'était pas une question.

Il s'est enfermé dans la salle de bains pendant un moment, te laissant sur le seuil du salon. Les grands meubles en bois, les tableaux immenses, les tapis en peau de vache, l'abondance régnait. Ton sac était sur la table, et de l'autre côté, la porte d'entrée ouverte. Tu t'es répété : « Je pourrais prendre mes affaires et quitter cette maison en courant avant même qu'il ne sorte de la salle de bains. » Allez Alia, allez. Allez.

Mais la peur t'a glacée sur place. Tu es restée là, la respiration affolée, à fixer la porte d'entrée ouverte (pourquoi verrouiller quand on est invincible ?). Dans ton dos, la serrure de la salle de bains qui s'ouvre, ses pas. Sa main. Cette même torpeur qui t'a empêchée de foncer sur lui aujourd'hui.

Tes premiers rapports au corps ont été marqués par la violence. Les lignes souples autour du ventre et des hanches que tu dévisageais dans la glace, discrètement pour que l'on ne te surprenne pas. Tu te plaignais d'être trop féminine d'abord, d'être sifflée, suivie, touchée dans la rue. Puis pas assez, pas assez pour plaire aux garçons, ni aux filles d'ailleurs. Tu ne plaisais même pas à ta mère. Tu t'es cachée derrière tes capuches et tu as attendu que ça passe.

Et puis il y avait eu ces photos, ça a duré un temps. Mais l'inquiétude qui aurait pu accompagner l'avertissement d'Ilias avait cédé devant l'émotion face à ce corps étranger que tu regardais comme les pages des magazines, comme les autres femmes dans la rue. Tu sentais ton rapport au corps s'affadir à mesure que les jours passaient sans ces séances. Dehors, tu te mettais à guetter le regard des hommes, les haïssant de voir ce que toi tu n'avais plus le droit de saisir de ton corps. La violence se traduisait même dans cette interdiction, qui ne s'appliquait pas à eux. Ça t'obsédait, sans les photos tu ne savais plus que faire de tes soirées, tu te surprenais à réfléchir aux contours de ta silhouette quand tu tentais de lire, imaginer des poses lorsqu'on te parlait. Il n'y avait plus que ça, tu avais l'impression de ne plus exister sans cette dissociation. Un soir tu avais fini par en reprendre, et cette fois-ci tu n'en avais plus parlé, pas même à Ilias. C'était une compulsion. D'une certaine manière, ce corps n'était plus à toi, ce n'était plus toi, c'était eux, leurs mains leurs yeux leurs bouches leurs mots. Sans ces photos, il n'y avait plus qu'eux, et cette pensée t'était devenue insoutenable. Puis tu as définitivement arrêté après avoir fait un cauchemar dans lequel un homme en blanc te poignardait à la poitrine. Au réveil, tu sentais encore l'éraflure sur le sein, le sang qui perlait autour de l'aréole, et tu n'avais pas osé vérifier si la blessure était vraiment là. Depuis, tu ne te découvrais plus.

Un matin, tu as reçu l'appel d'une fille de ta classe qui t'a tirée de ton sommeil pour t'informer que des photos de toi *en lingerie* circulaient sur internet. En tremblant, tu les avais revues à travers leurs yeux. Sur une page Instagram apparaissaient ton nom, ton prénom, et ces photos avec des légendes obscènes. Le nombre d'abonnés se multipliait à chaque fois que tu rafraîchissais la page. D'abord, tu as eu cette conviction qu'il s'agissait d'une autre que toi, tu as eu la sensation de sortir de ton corps, de le perdre. Mais chaque message que tu recevais te rappelait que c'était toi, chaque personne qui t'écrivait pour te prévenir des photos qui circulaient t'assignait à ce corps. Des gens de ta classe, puis de ta promotion, puis des inconnus, des visages croisés dans les couloirs, sur le terrain de basket. Les SMS s'abattaient sur toi en saccade ; tu étais la seule à avoir dissocié ton corps de ta personne, pour tous les autres, vous ne faisiez qu'un. Tu étais terrifiée à chaque fois qu'on sonnait à la porte, persuadée qu'on *venait te chercher*, panique perpétuelle. L'article 483 t'empêchait de respirer, de dormir, le soir tu suppliais Dieu de faire en sorte que tes parents ne sachent jamais, et en même temps comment te justifier si la police débarquait ici ? Au lycée, les garçons venaient te témoigner leur sympathie intéressée, des garçons qui ne t'avaient jamais remarquée et qui t'écrivaient pour dire qu'ils étaient là, marquer leur territoire, leur nom figurant dans la liste des abonnés. Les filles ne te parlaient plus, ne te regardaient qu'en coin. Elles devaient elles aussi avoir peur, car elles savaient que la même chose aurait pu leur arriver. Tu savais qu'elles avaient toutes une photo au moins qui ressemblait aux tiennes, que ton sacrifice était leur sursis. Le soir, le nouveau rituel était de revenir sur ce compte Instagram qui te hantait, tu connaissais l'URL par cœur, tu retournais sans cesse à cette page, comme pour te punir. Tu faisais face aux photos qui défilent, et sentais le regard des hommes qui fixaient ces images, les rires lubriques, la figure érotique et sale que tu étais devenue. Et l'impossibilité de détourner les yeux. À ce moment-là, la question de la personne derrière le compte ne se posait pas : il était évident pour toi qu'à part Ilias, Quentin était le seul au courant de ces photos, c'était aussi le seul qui était au-dessus des lois. Tu n'osais pas lui poser la question, de toute façon il n'aurait jamais avoué, ça ne l'intéressait pas. Tout était ruiné et c'était ainsi. À l'appellation *ghzala*, gazelle, que certains te sifflaient encore dans la rue, tu devenais l'animal lancé au galop, le regard affolé, se sachant perdu. Tu visualisais son cadavre dévoré par les rapaces, et le tien gisant sur ces photos. Chaque soir, tu priais pour que ça cesse, genoux au sol et mains ouvertes au plafond, hoquetant silencieusement. Puis tu t'étais résignée, tant que tes parents restaient dans l'ignorance… Pour le reste, c'était trop tard. L'article 483 te suivrait partout.

Tu as attendu de passer ton bac, le dos courbé, puis à dix-huit ans tu as disparu. Tes parents s'étaient réjouis de te payer un aller simple pour que tu puisses faire tes études en France, persuadés que tu te destinais à de belles choses. Ils avaient dû percevoir ton flétrissement (tu te le souhaites), ils avaient dû penser qu'une année ou deux ailleurs te feraient le plus grand bien. Mais tu n'as jamais mis un pied à la fac ; la priorité a toujours été d'avoir suffisamment d'argent pour ne jamais avoir à rentrer.

4.

Tu voudrais qu'Ilias te rassure, revienne, comme sur le rebord de la fenêtre du rez-de-chaussée, derrière les grilles qui vous empêchaient de vous embrasser, qui lui permettaient à peine de prendre ta main, enfants abandonnés d'un pays en ruine. « Je te promets qu'on s'en sortira, d'accord ? » Tu regrettes de n'avoir pas dit « oui » quand il t'avait demandé de rester encore un peu. Tu regrettes la veille de ton départ où tu avais feint de t'être endormie alors qu'il t'attendait dehors sous le soleil éblouissant de Casablanca d'où ton avion décollait. La dernière fois où vous alliez vous voir. Tu es restée allongée sur le lit en écoutant le téléphone vibrer encore et encore, tu avais chaud, ton dos humide était incapable de se redresser. Tu craignais qu'il n'aperçoive ton ombre, qu'il sache que tu mentais. Tu n'avais pas pu le voir, tu n'aurais pas supporté le moment de la séparation. Il s'était précipité te retrouver une demi-heure, quarante-cinq minutes, avant ton grand départ. Il avait écrit « je sors plus tôt, je te retrouve dans la cour, attends-moi j'arrive ». Tu l'avais aperçu à travers les rideaux opaques de la chambre d'amis casablancaise, tu l'avais vu courir et t'écrire, puis immobile à quelques mètres de toi, les yeux sur l'écran, puis vers le rideau de la chambre, le téléphone qui vibre contre la jambe.

Tu as rencontré Ilias il y a maintenant dix ans. Il habitait dans la même résidence que des amis de tes parents à Casablanca, tu l'avais croisé alors que tu jouais au foot avec les autres enfants du quartier. La première fois, Ilias avait shooté dans un ballon qui avait atterri sur ton visage. Tu avais ri pour cacher l'humiliation, les oreilles sifflantes et le visage rouge, giflé. La deuxième fois, alors que tu dormais au rez-de-chaussée, tu avais été réveillée par sa voix enivrée qui résonnait dans la cour vide de la résidence, très tard dans la nuit. Il avait réveillé tout le voisinage par la vulgarité des insultes qu'il balançait en riant, accentuée par l'accent de l'intérieur du pays, plus rêche que celui du Nord dans lequel tu as grandi. Le lendemain, ta mère t'avait défendu de lui parler, jugé trop voyou. Depuis, tu continuais de le voir, en cachette, parce qu'il était interdit et parce qu'il était libre. Il te fascinait, te plaisait, t'intimidait. L'écouter parler de sa vie t'ouvrait un champ de possibilités que tu n'imaginais pas, pas là-bas, pas au Maroc, pas aussi près de toi. Il te racontait les tromperies de sa copine, toutes les fois où il avait failli se faire arrêter par la police parce qu'il mangeait au McDo un jour de ramadan, il te parlait de son ex qui avait dû se faire avorter avec des herbes achetées chez une voyante et comment il avait essayé d'invoquer les esprits sur la terrasse de l'immeuble avec les autres gamins du quartier. Vous avez continué ainsi à vous parler par intermittences, pendant des années. Ilias était vite devenu l'exception qui échappait au contrôle parental, grâce à la distance entre vos deux villes. Tu sortais avec un livre, tes fiches de cours, un ballon de basket : toutes les excuses étaient bonnes pour pouvoir être à ses côtés une demi-heure, quarante-cinq minutes, une heure. Tu passais tes journées à programmer la soirée à venir, à l'organiser, à penser à toutes les éventualités. Ton ventre se durcissait d'excitation et de peur chaque fois que tu savais que tu allais le voir, chaque fois que tu entendais sa voix dans la cour, chaque fois que tu étais dans la voiture pour Casablanca. C'étaient les premiers émois de l'adolescence, tu pouvais passer ensuite des nuits entières à toucher ta lèvre qu'il avait approchée, ta main qu'il avait tenue, le collier qu'il t'avait laissé et que tu enroulais autour de ton poignet. Avec lui, tout était simple, il suffisait que tu lui envoies un message une fois sorti pour qu'il descende ; c'était l'affaire de deux minutes.

Vous avez ainsi grandi ensemble mais séparément. Ilias était devenu le secret que tu comptais bien garder avec toi. Tu acceptais régulièrement de passer du temps chez ces amis des parents, pour le voir lui, toi qui pourtant étais connue comme farouche, indélicate, silencieuse, froide, solitaire. Tu demandais à aller à Casablanca, alors que tu détestais cette ville-usine dans laquelle tout était trop grand, trop haut, trop pollué. Parfois, tu t'y rendais sans le prévenir et avais du plaisir à surprendre sa démarche, à le chercher au hasard des rues en arrivant ou le guetter quand tu étendais le linge sur la terrasse. Il avait toujours cette attitude nonchalante, et tu ne saurais plus situer le moment où il a cessé d'être un objet de fascination pour devenir le grand amour adolescent. Aussi loin que tu t'en souviennes, tu as toujours été amoureuse de lui, sans que cela ne soit dévorant, ni oser le lui dire : lui avait quelqu'un d'autre, vous avez cinq ans d'écart. Ilias s'en était toujours douté, il te taquinait chaque fois qu'il entendait ton cœur s'affoler quand il posait sa tête contre ton épaule (cette même épaule caressée des heures après sous la lune, pour essayer de retrouver la sensation de ses cheveux sur la peau, à travers le vêtement), quand il te prenait par la main pour courir vous cacher dans le garage, serrés et essoufflés, silencieux à vous regarder, quand il te touchait les cheveux – ces cheveux qu'il aimait tant et qui t'ont trahie sur les photos.

Il a attendu des années avant de t'embrasser. Tu ne te souviens plus vraiment des circonstances qui avaient amené ce changement dans votre relation. Un baiser mentholé, des lèvres au goût de cigarette, la bouche gonflée que tu mordillais en le cherchant sur le chemin du retour.

Beaucoup de choses ont changé depuis. Tu as fini par partir pour fuir le scandale (pour le *déshonneur*, il était trop tard), tu as emménagé à Lyon, essayé de créer une autre personne. La colère, elle, est restée telle quelle, tu t'es cachée en elle et as haï ton corps car Quentin l'avait sali, par ses mots, par ses insultes, par ses fantasmes, par ses faux compliments ; par sa vengeance terrible (mais se venger de quoi ?). Avec le temps, ton visage s'est affiné, tes traits moins. Tes cheveux sont redevenus longs, comme ils l'avaient été, avant que tu ne les coupes complètement, avant que tu n'arraches tout. Un rien suffisait à faire ressurgir la violence. Son prénom, son nom, sa voix, son sourire, son écriture. Ton prénom, ton nom, ta voix, ton sourire, ton écriture. Ce que tu haïssais chez lui a éclaboussé ta peau.

Il est resté sur toi, comme une tache d'encre qui, même frottée, laisse des marques noires et baveuses sous le sein gauche et s'étend jusqu'à l'aine.

Il a suffi d'apercevoir Quentin devant le restaurant pour retrouver toutes les sensations, son visage paisible signifiait ta terreur, son immobilité appelait ta course. Tu avais vu sa bouche et tu as retrouvé sa voix, et cette phrase prononcée calmement :

« Tu vas devoir foutre le camp d'ici. »

Le temps passe rapidement, tu ne sais plus quel âge tu as, quel âge tu fais. Ton visage a pris six ans d'un coup, six ans de fuite rattrapés brutalement et qui se sont fixés dans les ridules sous les yeux, autour des joues, à la commissure des lèvres qui ne sourient plus. Faut-il partir à nouveau ? Debout chez toi, tu te regardes dans la glace et ne saisis plus ce qui se dessine. Tu as l'impression d'avoir fait un saut dans le temps. Désormais, tes cernes sont très visibles, tu ne peux plus leur échapper. Bleu et mauve, des coups comme ceux infligés par le père qui striaient les cuisses. En se creusant, les cernes tirent avec eux les joues.

Impossible de détourner l'attention de tes propres yeux. C'est une vision effrayante, de confronter ton regard qui te juge, qui te voit dans ta nudité. On ne peut pas s'enfuir de soi-même, et cette pensée signifie l'insoutenable. Tes ongles traversent la paume de tes mains, la douleur t'indique que le sang n'est pas loin, et pourtant tu n'arrives pas à t'arrêter.

Tu t'es rendu compte des limites du jeu que tu pensais maîtriser. Le serpent s'est mordu la queue. Quentin t'a retrouvée.

5.

Tu ne sais pas quoi faire. Appeler Ilias ? Tu avais parlé de Quentin, tu t'étais confiée sans rien ignorer de la jalousie qu'il pouvait ressentir à ces confessions. Ilias a toujours été là, quand Quentin n'était que de passage. Qui pouvait pressentir qu'il laisserait ainsi sa marque ? Puis tu t'es demandé ce que tes amis diraient, ceux qui n'ont pas trahi, ceux qui n'ont pas pensé « Alia tu as deux choix : la prison ou le suicide ». Enfin, tu te mets en colère contre toi-même : pourquoi vouloir continuer à jouer à la fille modèle de tes parents, qui ne faillit pas et ne laisse rien transparaître, froide et impartiale, qui a supprimé tout signe de sexualité et de désir de la surface de son corps. Que ne demeurent d'elle que l'attente parentale, le génie, le courage.

Chez la personne que tu es aujourd'hui, rien de tout cela n'est resté.

Des gouttes de sueur coulent le long de ton flanc. Tu te parles à haute voix, mais en réalité, c'est à Ilias que tu crois te livrer, es-tu devenue folle ? À qui est-ce que tu t'adresses vraiment, Alia ? Tu es seule. Ilias t'avait dit : « J'ai un projet pour nous sortir d'ici », tu l'avais cru. Assise dans la pénombre de la chambre lyonnaise, ta scoliose te fait serrer les dents. Et puis, il t'a laissée partir, faute de solutions. Vous vous êtes dit adieu, si la distance entre Tanger et Casablanca avait déjà été jugée contraignante, la Méditerranée ne pouvait que définitivement vous séparer. Tu lui avais annoncé un soir, après avoir reçu le visa *in extremis*, que ton billet d'avion était pris. Tu avais chaud, étouffais assise sur les escaliers en bas de son immeuble, devant ce visage aimé, rêvé, imaginé, vu, décrit, des centaines de fois. Ses mains ne te touchaient plus. D'habitude, vous vous quittiez toujours avec l'éternel « tu reviens quand alors ? ». Cette fois, il savait que tu ne reviendrais plus. Et par là, vous aviez déterré l'angoisse des premiers mois, le regard hésitant. Tu avais voulu lui demander de te serrer encore dans ses bras, de glisser sa main dans tes cheveux, de les défaire, de les lâcher, de les tirer, de frôler la douleur, de marquer ta peau, de chanter avec toi, tu avais surtout désiré qu'il te rende le reflet que tu avais de toi chaque fois que tu sortais de chez lui et que tu te dévisageais dans les miroirs de son couloir, vérifiant que rien ne te trahissait, que tu étais aussi lisse que cela était nécessaire dans ton pays. Ce reflet te plaisait tant, ces yeux méconnaissables, que tu retrouvais ponctuellement quand tu avais très envie de quelqu'un. Au lieu de ça, ce jour-là, vous étiez restés muets à vous éviter du regard, cachés dans la nuit creuse. Puis le corps d'Ilias s'était impatienté un moment, incapable d'immobilité, il avait tourné la tête, regardé autour de lui, avant de baisser à nouveau son regard sur toi, puis s'était levé. Une lueur de tristesse traversait ses yeux, il avait dit quelque chose et tu avais hoché frénétiquement la tête, sans l'entendre. C'était le moment de rentrer, il fallait conclure. Il était remonté chez lui, tu avais entendu la porte se fermer avec délicatesse. Pour la première fois, tu étais restée assise après son départ, même si la cour n'avait aucun intérêt sans lui. Aujourd'hui tu sais que tu ne peux pas faire comme s'il n'avait pas existé dans chacun de tes amours.

Aux heures les plus isolées, tu rêves de rejoindre Ilias. Aujourd'hui, cela te semble être la solution la plus évidente. Mais s'il ne veut plus te voir ? Peut-être lui rappelles-tu votre échec mutuel, peut-être représentes-tu cette part d'un passé qu'il essaie d'enterrer ? Après tout, c'est exactement ce que tu essaies de faire depuis des années maintenant. Tu as quelques heures pour te décider. Si Ilias t'a oubliée, tes empreintes sont encore sur le noir verni de sa guitare, refroidies par le silence. Cette pensée te rassure : tu as été au monde.

Tu rêves de le retrouver avec un projet. Sonner à sa porte et lui dire que c'est bon, tu as trouvé la solution. Pendant des années, c'était la seule raison de continuer d'avancer, il a été le seul à ne jamais demander *pourquoi ces photos.* Mais tu te rends vite compte que tu n'es pas près d'avoir un projet. À l'idée de n'avoir rien, tu sais que ton espoir de le retrouver un jour s'amenuise. Tu te dis que c'est aussi égoïste de vouloir ressurgir dans son quotidien, comme ça, un jour, parce que ta vie en France aura été un échec.

Tu entends un bruit dans le couloir. C'est un craquement, de ceux que tu surveilles régulièrement. Et si Quentin avait ton adresse ? Il aurait pu la demander au gérant du restaurant, il aurait pu se faire passer pour une vieille connaissance, parler du Maroc, de Tanger, dire qu'il est venu te retrouver et qu'il était déçu que tu n'y sois pas. Personne n'aurait de raison de se méfier de lui. Tu te lèves brusquement, ta hanche tape contre le coin de la table quand tu te jettes vers la porte de l'appartement. Tu regardes à travers le judas, la main tremble contre la poignée de la porte, la lumière du couloir est allumée, un haut-le-cœur te saisit. Quentin aurait pu te suivre, peut-être qu'il te surveille depuis quelque temps déjà, que ce n'est qu'aujourd'hui que tu le remarques. Tu essaies de chercher dans ta mémoire toutes les fois où il a pu être derrière toi ces dernières semaines, dans le métro ou dans la rue, étudiant tes trajets, te regardant depuis le parking en face de chez toi. Les pas se rapprochent. Tu cherches du regard un objet pour te défendre, la peur au ventre, tu ne vois rien, tu ne réfléchis plus. Seuls tes déglutissements répétés retentissent alors que ton poids entier pèse contre la porte, les yeux ne clignent pas. Quelqu'un est là, de l'autre côté, tu l'entends toussoter, marcher, hésiter devant les différentes sonnettes de l'étage. Ta mâchoire se serre, tu te mets à supplier tout bas pour que ce ne soit pas lui. Les yeux fermés et la bouche asséchée, tu pries.

Mais c'est une autre sonnerie qui retentit. Des voix se mêlent et des rires que la porte étouffe en se refermant.

Tu ne peux pas rester ici.

6.

La nuit sera longue, et la bouteille de vin que tu gardes dans le frigo t'attire plus que jamais. La nuit sera longue car Quentin est arrivé. C'est fini. Tu ouvres la bouteille.

L'issue la plus évidente serait de retourner chez tes parents. C'est aussi celle qui te semble la moins réalisable par peur de l'article 483, du père qui ne sait pas, et de la fuite qui n'aura pas abouti. Tu bois la première gorgée en te demandant si tu n'as pas des penchants alcooliques, alors que l'odeur étourdit tes narines. Ton père et toi avez l'alcool solitaire, une certaine tristesse s'en dégage. Tu l'avais surpris une fois, alors qu'il vous avait laissées seules avec ta mère à la Croix-Rousse, un jour où ils étaient venus te visiter à Lyon. C'était d'ailleurs la première et dernière fois.

Il était là dans un café, un verre de rouge face à lui, le regard dans le vide. Tu as toujours su que ton père buvait. Il y a même une photo de famille prise dans un restaurant où il discute en riant avec deux de ses amis européens, un pichet sur la table. Ta mère a un sourire timide et une cannette de Coca face à l'objectif. Ton père ne regarde pas la caméra, il est plongé dans une anecdote : il a l'air heureux, les sourcils levés et le rire franc. C'est suffisamment rare pour que cette expression du visage te reste en mémoire. Tu te souviens avoir souvent regardé cette photo plus jeune, et ce n'est qu'après coup que tu as remarqué le pichet. Jusque-là, tu ne voyais que lui. Sur le cliché, tu parais soucieuse, tu ne sais plus aujourd'hui si c'est lui que tu regardais ou le vide, peut-être parce qu'il n'y avait pas de véritable différence.

Avec les années, le recul, et l'expérience des vins solitaires, tu arrives à revoir cette scène lyonnaise avec plus de distance. Tu t'interroges : pourquoi t'es-tu mise dans tous tes états ? Pourquoi avais-tu crié sur ta mère à qui tu reprochais la complicité *criminelle*, pourquoi t'étais-tu énervée contre ton amoureux de l'époque qui avait répondu à ton message qu'il n'y avait rien de mal à ce que ton père se fasse plaisir de temps en temps avec du bon vin ?

Tout t'avait dégoûtée, tu avais voulu que ton père *dégage* et rentre chez lui : son indifférence, son absence t'étaient préférables à sa faillibilité que tu vivais comme une trahison. Aujourd'hui, tu sais que ce n'est pas par droiture religieuse que tu avais réagi ainsi. Face au spectacle de ton père qui boit, tu avais réalisé la vanité des souffrances de ton enfance. Que tout ce que tu avais justifié jusque-là par un mal nécessaire (pour la religion, Dieu, l'amour du père, ou tout à la fois), était en réalité gratuit. Toutes ces fois où ta souffrance n'avait aucun autre but qu'elle-même.

Celle où, à deux ans, il t'avait arrachée des bras de tes tantes parce que tu dansais au milieu d'elles sur Nancy Ajram.

Celle où, à la piscine à huit ans, tu avais couru vers lui pour lui demander quelque chose et qu'il t'avait sommée de ne *plus jamais* l'approcher en maillot.

Celle où, à dix ans, il t'avait regardée avec mépris en te demandant quelle traînée tu serais à dix-huit ans si tu agissais déjà comme ça à cet âge, parce qu'il avait appris que tu avais discuté sur MSN avec un garçon de ta classe dont tu étais amoureuse, avant que ce dernier ne t'enfonce un témoin de course de relais dans les fesses dans la cour de récré.

Celle où, à treize ans, tu avais fait un clin d'œil à ta mère à table et qu'il t'avait giflée avant de te demander où tu avais appris ça.

Toutes les fois où tu te privais d'acheter des jupes et que ta mère te disait « prends-la et tu la mettras dans l'ascenseur », mais que tu refusais par peur de sa ceinture.

Puis à Lyon, tout s'est écroulé. Tu t'étais privée de père pendant l'adolescence, puis tu avais fui le pays pour qu'il ne tombe pas sur ces photos, et tu avais fini par devenir infiniment vulnérable. Tu étais persuadée (et Quentin le savait) que leur publication signerait la fin de ta vie, ôtée par le père ou par la peur du père. Pourtant, à la fin, à la fin de tout, après avoir couru et ruiné une vie, ton père n'était qu'un homme qui buvait seul, loin de sa famille, un samedi à quatorze heures, rue Rosset.

Ton verre se termine : rester ici t'est impossible maintenant que Quentin sait où tu travailles, retourner au pays serait une pure folie. Tu es tombée sur une campagne publicitaire marocaine sur internet, qui voulait sensibiliser au cyberharcèlement sexuel. En vérité, tu n'es pas *tombée* dessus, tu l'as cherchée avidement, comme tu le fais régulièrement depuis que tu es partie, attendant désespérément le jour où l'article 483 disparaîtra, abrogé, effacé, aboli. Des heures passées sur internet en quête d'un signe divin qui te dise « rentre ma fille, tu es bienvenue chez toi ». La campagne montrait une jeune femme qui pleurait, le visage caché dos à son écran, où des messages pullulaient, nauséabonds. Ces mots, tu les as tous déjà entendus, lus, par centaines, depuis des années. Tu pourrais presque dire que tu y es habituée. La campagne s'adressait exclusivement aux femmes et annonçait : « Pour éviter ce genre de situations, évitez d'envoyer des photos de vous. » Tu avais eu cet éternel réflexe qui n'explique rien : *comment je leur dis que ce n'est pas moi qui les ai envoyées ?*

Quelques artistes marocains, souvent des femmes, s'étaient indignés contre cette campagne, mais à quoi bon, le message était clair : personne ne désire vous protéger, toi et ces autres filles. Plus que jamais, Quentin était soutenu. Plus que jamais, tu étais coupable. Au-delà des frontières, même réfugiée à Lyon, elle t'avait fait te sentir plus étrangère encore, ici et là-bas. Avec l'effondrement d'une idée de justice d'État, s'est effondrée l'image du père tout-puissant et protecteur.

Personne ne te sauverait.

7.

À vingt-trois heures, la plupart de tes cartons sont faits. Tu avais gardé beaucoup d'affaires emballées, redoutant depuis toujours ce moment. Toujours faciliter la fuite : trier régulièrement, n'inviter personne chez soi, ne pas mettre son nom de famille sur l'interphone, vérifier sans cesse sur les Pages blanches pour être sûre que son numéro ne figure nulle part. Un rire amer s'échappe : tu pensais t'être libérée mais la réalité en était toujours au même stade. C'était presque un soulagement d'avoir été trouvée. La traque était terminée.

Avec le temps, le souvenir de Tanger s'est estompé. Tu n'en retiens plus que des odeurs, celles des tapis berbères qui sentent le bétail et la terre cuite, du bois qu'on brûle pour les hammams. Le chant permanent des coucous qui gronde aux premières heures du matin et tard la nuit – Lyon a toujours été cruellement silencieux en comparaison. Le bruit du chergui dans les feuilles d'arbres, des coqs et du braiment des ânes. À Tanger, tes sens étaient aux aguets, les extrémités de ta peau se gorgeaient de ce qui les entourait, du corps rempli de soleil le soir, du sel sur les joues, du sable sur les jambes et de la pollution dans les poumons. L'odeur du cuir des vieux taxis jaunes contre ton dos, qui te traînaient d'une rue à l'autre avec leurs ceintures coupées et les chansons amazighes à la radio, interrompant les discussions quotidiennes. Le muezzin qui ponctue les journées en cinq temps. La fébrilité. Tu repenses au Maroc comme si tu en avais été privée. Tu as toujours su que le mal du pays finirait par pointer son nez, mais tu n'avais pas imaginé que tout reviendrait aussi brutalement. L'été en France n'avait jamais tenu ses promesses. Les vagues cruelles et glacées de ton Atlantique te manquent, le sel qui pique les yeux, la peau gâtée par l'écume et les orteils ensanglantés chaque fois que tu te retrouvais projetée sur les rochers aiguisés, enfouis sous les vagues. Petite déjà, tu avais toujours aimé t'aventurer dans l'eau froide, emportée par le courant jusqu'à ne plus distinguer les parasols plantés dans le sable. Tu n'avais pas peur de te noyer. Hormis de ton père, tu n'avais peur de rien, ni des vagues, ni des hommes, ni des rochers, ni des cafards. La houle taisait le brouillard de voix qui te venaient de la plage, le cri des enfants et le rire des femmes. Tout disparaissait, le soleil lui-même ne réchauffait plus, tu n'étais plus qu'un corps enveloppé par la glace fondant sur ta peau, chaque membre s'engourdissait et par cette douleur tu prenais conscience de ta chair. Chaque fois que tu te faisais malmener par l'océan, tu repensais au visage disparu d'un adolescent qui habitait le même quartier et dont le grand corps n'avait jamais été retrouvé, emmené par les vagues, un jour de tempête.

Pas d'océan à Lyon, pas même la mer. Les femmes se laissent bronzer dans le parc de la Tête d'Or, pour se donner une illusion de vacances sur leur peau. La seule fois où tu t'y étais hasardée, tu avais fixé les animaux du zoo. Souvent, l'été lyonnais se mêle à une grisaille épaisse qui rime avec les rues désertes du sixième arrondissement. Pas loin, une girafe défilait sous la canicule orageuse, aller-retour incessant que tu avais vite trouvé angoissant. Tu t'étais reconnue en cette girafe errante, trop étrangère à cette ville, perdue, revenant sans cesse sur ses pas, encore et encore, sans pouvoir s'approprier les lieux qui désormais étaient les siens. *Qu'est-ce qui sépare l'homme de l'animal ? La Méditerranée.* Au restaurant, les autres avaient ri, tu avais souri timidement. Et puis tu as eu immédiatement envie de te gifler de ce sourire, te consolant en te disant que ce n'est qu'un *bon mot*, que les blagues ne révèlent pas la réalité du monde. Tu avais souri. Ils oublient, ils ne sont pas conscients. Ta vie en France se résume à essayer de ne pas paraître arabe tout en voulant te démarquer. La violence des mots se confond avec la violence des regards. Ceux qui réussissent à quitter le pays forment l'élite, surtout lorsqu'il s'agit de faire des études. Alors tu regardes tes congénères, et tu te sens plus étrangère encore. Ta vie en France se résume à être arabe sans le paraître. Lorsque des Maghrébins te croisent dans la rue, ils disent *hadi dialna* – celle-ci est des nôtres. Tu ne sais plus tellement comment dire ta différence, alors tu te contentes de te taire, préférant nier la réalité des choses que de la vivre. Les seules fois où ta différence se manifeste, c'est à travers ta peau, gâchée par des siècles d'hérédité, qui t'oblige à la camoufler avec du maquillage. Et ta détresse rejaillit lorsque tu réalises que tu n'as pas le teint clair, que tu dois t'aventurer vers les teintes orangées. Violente appréhension de ne pouvoir te démarquer des Maghrébines d'ici, de voir ton passé t'échapper, comme la fois où un type t'avait singée en répétant tes mots avec un accent de banlieue caricatural. Tu n'étais plus marocaine, tu étais banlieusarde. Toujours l'ambivalence : il ne faut pas paraître trop négligée pour ne pas tomber dans le carcan des musulmanes oppressées, ni trop apprêtée, pour ne pas tomber dans celui des *beurettes* en quête d'attention. Ce mot te fait vomir, ce mot qui n'a pas de sens, qui n'existe que dans le beau pays des Lumières, qu'ils tentent tant bien que mal de faire rimer avec intégration réussie. Non, tu n'es pas des leurs, ni des Maghrébins de France, ni des Blancs de France. Doucement, tu t'es glissée dans l'abîme de l'interstice. Chaque fois que tu aperçois un drapeau français, tu ressens cet ailleurs ; ce ne sont pas les monuments, pas les rues ni même les gens qui te font cet effet, mais le drapeau tricolore qui flotte fièrement et ne cesse de te rappeler cette histoire que tu ne connais pas, ce drapeau qui contraste avec la rougeur violente du tien. Parfois, c'est aussi dans ton corps que tu sens l'ailleurs, lorsqu'à huit heures trente tu es serrée dans le métro de la ligne D, écrasée contre des inconnus, tous regardant le vide, le nom des stations qui défilent, les corps qui montent et descendent, les visages plats, épuisés déjà, qui attendent. Jamais l'odeur de la Méditerranée, mêlée à celle des égouts et des sardines grillées du port de Tanger, ne paraît plus éloignée, et pourtant elle te colle à la peau.

En quittant la librairie après ta visite au zoo, tu t'étais fait arrêter par le vigile, avant même que les portiques ne sonnent, sans même qu'ils aient besoin de sonner. Ton visage coupable. « Excusez-moi, j'aurais besoin de fouiller votre sac, madame. » Tu avais mis trop de temps à t'indigner, parce que tu sentais le regard de la caissière et de quelques clients te toiser. Ton cœur battait très fort aux tempes, une chaleur électrique t'avait saisie à l'abdomen, avait traversé tes bras, la honte était devenue un poids solide au fond du ventre. Le sac était vide, hormis un Romain Gary qui flottait là depuis le début de la semaine sans que tu n'aies trouvé le courage de l'entamer. « D'où vient ce livre ? » Tu t'entends balbutier : « Il est à moi, à moi, je l'ai pas volé, vous voyez bien qu'il est corné et vieilli, non je n'ai pas de ticket, il est à moi. Je l'ai pas volé. » Un rire nerveux t'avait échappé, le regard autour que tu cherchais comme pour demander de l'aide. Tu t'étais mise à hausser le ton, la voix un peu aiguë, ridicule, honteuse. « C'est une blague, j'ai rien volé dans votre librairie de merde, même si je voulais, y a que des livres de recettes à la con, j'ai rien, laissez-moi. » À ce moment-là, tes mots s'étaient perdus et tu étais devenue tout ce que tu redoutais : tu ne savais plus la langue, tu manquais de distinction. La Maghrébine est folle, vulgaire, en plus d'être une voleuse. Le vigile avait haussé le ton, s'était saisi de ton bras que tu sentais picoter à son contact, l'horreur : « Je ne fais que mon devoir, madame. » Vous vous êtes fixés : *hadi dialna.* Tu avais serré les dents, il avait fini par lâcher ton bras en disant « ça ira pour cette fois ». La caissière t'avait congédiée d'un sourire irrité, spécialité de la région.

En sortant, tu avais réalisé que tu n'avais rien à faire ici. Mais là-bas non plus. Une langue, quelques traditions, un visage, un prénom qui fait sourire (*vous êtes kabyle ?*). Tu t'étais assise sur un banc, essoufflée, à fixer quelques adolescentes qui dansaient avec leurs pères sur les quais de la Saône. Les pères criaient et riaient, sans peur du ridicule, du regard des autres, des on-dit. Derrière tes lunettes de soleil, tu étais jalouse, violemment jalouse, devant ces deux pères qui couraient suivis par leurs filles hilares. Qu'est-ce que ça fait de grandir avec un père qui montre ses faiblesses, qui s'affaisse, qui pleure, un père dont on aurait honte durant les fêtes parce qu'il danse mal et chante faux lorsqu'il a un peu bu ? Le tien a toujours été dans le contrôle, jamais dans l'effusion. Tu n'as jamais vu tes parents s'embrasser, se tenir la main. Le seul tableau figé que tu avais retenu de la vie de ta mère était celui d'un autre homme qu'elle avait connu avant. Désespéré de ne pas être aimé en retour, il l'avait menacée d'un couteau. Tu imagines souvent cet homme sans visage brandir son couteau, et ta mère courir, courir, courir, portant une jupe longue telle que tu as pu en apercevoir sur des photos trouvées dans de vieux cartons. Quand ton père était rentré, tu avais eu envie de le serrer dans tes bras, sans oser le faire. Un homme qui n'a fait que travailler, que vivre pour le travail. Ton père ne t'a jamais fait honte, c'est toi qui avais en permanence honte devant lui. Honte de danser, de parler trop fort, de t'habiller coquettement, de tomber amoureuse. Ta vie a été rythmée par la honte de montrer et d'être vue. Quand tu sortais de l'eau, devoir marcher devant le regard des hommes de la plage était plus éprouvant encore que de défier l'océan. Des hommes qui d'ailleurs ne te regardaient peut-être pas. Tu avais grandi dans cette perpétuelle crainte qu'autrui faisait peser. Assise sur le banc, tu avais imaginé tous ces lieux laissés derrière toi et tu ne pouvais te les figurer autrement que déserts, comme si, privée de ton regard, la foule entière cessait d'exister. L'océan et la Méditerranée rugissaient seuls, l'ancienne chambre était accablée par un silence chaud qui faisait jaunir les draps, elle avait l'odeur des siestes andalouses, du soleil sur ta peau, l'oreiller brûlant, les vêtements chauds gardés en toute circonstance, couvrants, rassurants. Les photos, elles, n'existaient que la nuit, quand la chaleur n'était plus. Les rues du boulevard Pasteur (qu'on appelait « le Boulevard », comme s'il n'y en avait qu'un) étaient dénuées des klaxons agacés, le Gran Café de Paris n'avait plus de pains au chocolat mous et chauds, de tasses de café au lait tiède. Avec ton départ, l'imaginaire d'un pays n'était plus qu'une illusion, même l'existence d'Ilias devenait incertaine. De ton appartement tangérois, tu ne gardes pas grand-chose. L'isolement pesant de ta chambre, le hard rock, les vieilles affiches où tu fantasmais

Paris et la France, rêvant chaque jour du départ. Les vieux livres de Molière achetés pour l'école, la crainte de cette porte menaçant de s'ouvrir à tout instant. Parfois, comme à cette heure de la nuit, tu te surprends à regretter les impressions simples de ton enfance, car il y en a eu, comme la lumière bleue du feu qui fait bouillonner en silence la sauce d'un plat qui mijote dans la cuisine plongée dans le noir. Si tu te concentres, tu arrives encore à entendre les bulles éclater, sentir l'odeur de légumes et de viande. Le bruit soudain de la cocotte que ta mère jette violemment contre l'évier car le fond a brûlé (il brûle toujours), le jet d'eau qui tente d'apaiser. Te manque aussi le dos silencieux de ton père qui regarde par la fenêtre, tard dans la nuit, lorsqu'il pense que tout le monde dort. Tu l'épies à l'embrasure de la porte, il lui arrive de passer des heures ainsi, et tu ne peux t'empêcher de te demander, aujourd'hui encore, quel était le fond de ses pensées pendant ces moments-là.

Une fois, tu avais essayé de te persuader que tout ceci n'était pas le rêve d'un chien fou, tu avais essayé de retrouver dans le corps des femmes que tu connaissais une angoisse commune, pour te dire qu'un retour était possible, que tu n'étais pas seule car d'autres l'avaient fait. Que rentrer au pays natal n'était pas une fatalité mais que tu y avais une place. C'était la seule raison qui t'avait poussée à plusieurs reprises à renouer avec des visages d'enfance retrouvés en France, ces visages que tu avais tenté de faire disparaître après la publication des photos, comme celui de Safia. La première fois que tu l'avais vue au lycée, tu avais voulu l'aborder. Comment se faire des amis ? La question banale qui t'avait soudain frappée. Safia avait remarqué ton silence circonspect à son arrivée et avait ri. Elle avait sorti une cigarette et t'en avait proposé une que tu avais acceptée pour lui tenir compagnie, pour défier les autres aussi. Le froid du soir faisait hérisser les poils de son bras dévoilé, sa voix était sensuelle, à peine audible, tu avais été frappée par son ton désabusé, son regard qui n'avait pas peur de te fixer. Elle avait plusieurs rires. Le rire gêné, où elle regardait ailleurs. Le rire coupable, lorsque ses yeux se fermaient et qu'un petit bruit lui échappait. Et le vrai rire, quand elle ne savait plus s'arrêter, la main posée sur le ventre. Ses mains étaient d'une rare beauté, féminines sans être fines, sensuelles chaque fois qu'elle caressait les feuilles à rouler. Elle t'avait plu.

Il n'y avait rien de plus doux que le corps androgyne de Safia dansant sous les néons bleus. Ses boucles qui volaient, tes yeux qui suivaient ceux des autres hommes sur elle. Ils ont toujours admiré Safia, mais de loin. Tu la connais depuis le collège, les filles la regardaient avec un mélange d'envie et de mépris. Un jour, l'une d'elles avait dit : « Elle s'habille comme une Parisienne. » Safia allait souvent à Paris, elle y a des frères, et avait donc accès au monde fantasmé des garçons aux cheveux et aux yeux clairs. Sa démarche assurée, ses jeans moulants, sa poitrine plate, ses fesses fermes. Rien de cela n'avait changé. Safia était un modèle, là où tu passais inaperçue. Au collège, ta mère t'interdisait le vernis, les cheveux lâchés, les grosses boucles d'oreilles : « Tu auras tout le temps pour être belle. » Que tu crois. Avec cela, peut-être n'aurais-tu pas eu besoin des photos, avec cela, peut-être n'en serais-tu pas là, corps disloqué aux vestiaires qui fixait les autres filles, toi qui n'osais jamais te changer en public, qui demeurais toujours habillée, vêtements épuisants qui te collaient à la peau et t'étouffaient. Les filles jouaient à se vieillir, exhibant leurs sacs Longchamp, preuve d'un retour de France, d'une élévation sociale. De ta féminité, tu ne tirais que la honte des seins naissants qu'il fallait couvrir, des règles qu'il fallait camoufler en faisant couler l'eau du robinet pour cacher au père le bruit de la serviette hygiénique arrachée de son emballage, de tes fesses rondes qu'il fallait couvrir de chemises longues, de manteaux longs, de sacs à dos pendants. Les seuls hommes qui s'intéressaient à toi étaient ceux qui te suivaient en voiture lorsque tu rentrais de ton entraînement de basket-ball, avec ton legging que tu continuais de porter parce que tu ne voulais pas te déshabiller dans les vestiaires. La première fois qu'un homme t'avait suivie, tu avais dix ans et étais rentrée en pleurant. Ta terreur s'était accentuée face à l'absence d'étonnement de ta mère, qui avait plutôt l'air de dire : c'est arrivé plus tôt que prévu, maintenant il faut te durcir. À l'inverse, Safia restait toujours maîtresse de ses émotions, tu ne l'avais jamais vue s'écrouler en larmes. Parfaitement mesurée, indifférente quand on lui avait annoncé que son copain se droguait, indifférente devant ses tromperies, indifférente après sa rupture. Indifférente dans le sens d'inchangée. La tête toujours haute ; Safia n'aime pas perdre. Elle est sans doute l'idéal d'une nation, belle sans être sensuelle, intelligente sans représenter un danger pour les hommes, moderne sans oublier d'où elle vient. Safia faisait tout pour réussir ce qu'elle entreprenait, l'ombre de colère qui traversait ses yeux quand elle échouait la trahissait, ses joues qui s'empourpraient, ses traits qui se refermaient et sa gorge qui palpitait avec agacement.

Vous jouiez au basket ensemble au collège et au lycée. Là où la maîtrise de Safia était sans équivoque, tu te noyais dans ta colère, ta violence se contenait difficilement. Le terrain cristallisait toute l'agressivité subie ailleurs. Le coach trouvait ta hargne utile pour le jeu, les coéquipières te reprochaient ta sauvagerie.

Tes ongles étaient régulièrement cassés à la fin du match, tes pieds étaient nerveux et brûlants. Un jour, tu as fini par te battre avec une joueuse de l'équipe adverse, et rien n'avait pu t'arrêter, ni les cris du coach ni le silence atterré de tes coéquipières. À l'instant même où tes mains avaient agrippé les cheveux de l'autre fille, tu avais su que tu n'avais rien à perdre. Tu étais au-delà de la honte. Tu ne te rappelles plus pourquoi vous vous étiez battues. Contre le soleil, les gouttes de transpiration, la mâchoire serrée, combat perdu d'avance, c'était la douleur des rues que tu voulais empoigner, le regard des hommes, le sentiment d'être corrompue, la haine de toi. La même résistance vaine au monde que tu avais essayé de vaincre à travers tes photos ; un rapport au corps perpétuellement marqué par la violence. Tu voulais exhiber enfin ce corps que tu avais haï à force de le cacher. Et puis, tu avais réalisé dans ta chair l'inutilité de ta quête, la honte de devoir te défouler sur une autre fille, la brûlure du regard de l'entraîneur t'observant avec dégoût. Le même dégoût que tu as retrouvé lorsque tes photos ont été dévoilées au pays. C'était Safia qui t'avait arrêtée, elle venait d'arriver et elle t'avait crié dessus. Tu t'étais relevée, épuisée, au bord des larmes, enlaidie par la sueur qui pique les paupières et les cils, essuyant la salive et les larmes avec tes bras suintants.

Aucune de vous deux n'a évoqué cet épisode lors de vos retrouvailles à Lyon. Safia avait changé, tu l'as retrouvée à une soirée étudiante, de celles qui te mettent mal à l'aise, la musique si forte qu'elle en devient insupportable. Une brise vous a caressé le dos, et tu t'es concentrée sur cette sensation au milieu de discussions que tu n'écoutais pas et des cacahuètes versées dans ce qui servirait aussitôt de cendrier. Tu n'arrivais pas à suivre ce qui se disait, la seule pensée qui t'habitait : « demain mes cheveux sentiront la cigarette ». Longtemps, cette odeur dans les cheveux est restée un souvenir de tes moments avec Quentin. La première fois, toutes les fois où tu fumais pour lui tenir compagnie, dans la vieille impasse, à midi, vingt heures, minuit. Vous fumiez en regardant les étoiles cachées sous le ciel sali, assis en bas des immeubles, sous les volets sentant la moisissure et la poussière. Vous ne parliez pas, ou peu.

Ce soir-là, Safia était extravertie. Elle est apparue et t'a serrée dans ses bras : « Ça me fait tellement plaisir que tu sois à Lyon, toi aussi ! » Tu avais souri, crispée, redoutant les « qu'est-ce que tu deviens ? », ce à quoi tu n'avais rien d'autre à répondre que « serveuse ». En regardant Safia tu te rappelais les moments où tu attendais dans les coulisses avec elle, toutes les fois où tu avais eu envie de l'embrasser si vous n'aviez pas été pressées, si vous n'étiez pas à l'affût derrière le théâtre centenaire dans vos vieilles chemises d'hommes, prêtes à débarquer sur scène. Toutes ces pensées que tu ne lui avouerais jamais. Mais Safia avait beaucoup changé. En essayant de discuter de choses qui comptent, tu avais constaté que vous ne partagiez pas l'angoisse existentielle qui te maintenait ici, que Safia aimait Lyon et s'y plaisait, qu'elle ne craignait pas le vigile, Quentin, les rues vides, les églises, le Vieux Lyon et Génération Identitaire. Que le regard des autres ne l'ébranlait pas, non qu'il n'existât pas mais parce qu'elle n'y pensait pas. La déception avait empli ton verre, tu t'étais retranchée dans ton isolement.

En quittant la soirée toutes les deux, les doigts de Safia s'étaient entrecroisés avec les tiens, alors qu'elle ne t'avait jamais touchée dans votre pays. Tu t'étais demandé ce que signifiait ce geste mais elle regardait droit devant, la démarche rapide et sportive. La nuit avait coulé sur l'esplanade du Gros Caillou et, assises sur l'herbe fraîche, son masque avait lentement glissé. Elle s'était mise à te parler des hommes qu'elle avait aimés, de ceux qu'elle avait attendus et qui n'étaient jamais venus, elle t'avait raconté cette fois où un type l'avait touchée dans la rue et qu'elle s'était sentie salie. Sa voix brisée pour la première fois, l'effleurement qui l'avait fait se sentir impuissante devant tous les hommes d'un coup. Safia avait perdu son sang-froid. Elle a dit ça alors qu'elle savait pour les photos, qu'elle les avait vues, qu'elle t'en avait voulu pour cette faille, cette vulnérabilité. Est-ce qu'elle essayait de créer un lien entre vous par la douleur, par l'humiliation ? Pour te faire te sentir moins seule, pour te dire qu'elle comprenait la violence du corps qui ne s'appartient plus. Puis la colère de Safia avait disparu aussi vite qu'elle était apparue, sa tête s'était posée sur ton épaule, soudain épuisée. Ta colère, elle, était intacte. Tu aurais aimé qu'il suffise d'en parler pour t'en séparer, mais elle ne partait jamais.

Tu n'as plus jamais revu Safia.

8.

Dans un coin de ta valise tu ranges quelques affaires, des carnets accumulés, avant de tomber sur une photo de Quentin et toi que tu as gardée, sans savoir pourquoi. Vous avez l'air jeunes, autour de quinze ans. Tu t'es toujours trouvée plus vieille que ton âge, mais cette photo te renvoie à l'innocence fiévreuse de l'adolescence. Même lui est presque attendrissant, légèrement bête, à se donner des airs de James Dean. Le contraste entre vos deux expressions est frappant. Jusque-là, tu t'es toujours centrée sur Quentin, sans t'attarder sur toi. Tu ne te regardais que sous le prisme de ce qui faisait votre différence, mais tu ne t'étais jamais arrêtée sur ton visage *en tant que tel.*

Voir ces adolescents côte à côte révèle l'indigène que tu n'as cessé d'être : ton nez brille, épais, tes yeux marron (*yeux marron, yeux de cochon*, t'avait dit quelqu'un) sont allongés, tu ne souris pas et as l'air dur. La même dureté que tu vois souvent chez les filles comme toi. Tes lèvres esquissent un semblant d'amusement, et l'arc de Cupidon est très marqué. Elles sont pleines, cachent ton rire dont tu avais souvent honte, les gencives saillantes. Tu as le visage de ton père. Quentin, lui, a le visage émancipé de son géniteur. Les lèvres légèrement retroussées de l'adolescent fier, les cheveux qui tombent sur son visage, épais. Les tiens sont attachés, tu ne les détachais que pour les séances nocturnes de photos. Ta peau paraît si foncée près de la sienne, cuivrée comme le vase en terre cuite où tes plantes viennent mourir. Tu regardes cette adolescente qui a le même âge que sur les photos de nuit, tu la trouves différente. Méconnaissable, à dire vrai. Tu n'arrives plus à retrouver la tendresse de la main de Quentin autour de ton épaule. Ses doigts que tu connais par cœur, toi qui les as tant aimés, ne te parlent plus. Trop longtemps terrée dans la peur, intimidée à l'idée de lui, tu te retrouves complètement séparée de ce que tu vois.

Les années ont passé. Parfois, la déconnexion est telle qu'elle n'apparaît qu'à travers le regard de l'autre. L'autre aimé, de préférence. Respecté, considéré. L'étonnement dont font preuve certains hommes en découvrant le soir que tu n'as pas mangé depuis que vous vous êtes quittés le matin à huit heures, ou lorsque tu annonces le viol l'air de rien dans la cuisine d'une soirée chaotique, ou quand tu te mets à hoqueter de douleur face à d'insupportables compliments. Toujours cette même sidération, plus violente encore que les symptômes de ta dislocation corporelle. Le dégoût, le choc, la pitié, la sentence « à ta place, je pense que je me serais suicidé ».

Avant de tomber dans la nostalgie irrépressible de ton pays, il y avait eu une soirée qui avait éveillé en toi une envie de départ, précipité ensuite par les photos. Tu rentrais de chez Quentin, la nuit était déjà entamée. Tu marchais en rêvant, lorsque tu as croisé le regard de deux hommes. Ils étaient adossés au mur, seuls, te fixant la gueule ouverte, découvrant les canines, une gueule qui avait faim. D'habitude, tu te sauves grâce à ton regard mauvais, hérité du père. La démarche devient plus masculine, décidée et vive, le corps intransigeant et le sourire absent. Tes yeux ont essayé d'assassiner l'homme qui s'approchait pour te parler, mais ta robe te trahissait, toi qui n'en mettais jamais, tes jambes nues t'affaiblissaient. La peur avait créé un sentiment de vertige si intense qu'elle t'avait filé la nausée, les tempes brûlantes t'empêchaient d'entendre ce qu'ils avaient à dire. Tu savais que cette fois ils ne seraient pas intimidés, qu'il leur en faudrait davantage que ce regard, tu avais envie de continuer d'avancer mais tu savais, au deuxième homme derrière qui se redressait, qu'il suffirait d'une main sur ton bras pour que l'affolement prenne le dessus ; de quelques paroles pour que la peur gagne l'intérieur de ton ventre, où la rêverie avait pris place quelques minutes plus tôt. Tu as avancé en sachant que tu te noyais. Quelques mots ont effleuré ton épaule, te faisant fléchir, quelque chose comme une honte, quelque chose qui serre les côtes, deux mains qui agrippent la gorge si fort… *Bonsoir ma belle, qu'est-ce que tu fais si tard ?* Plus tu les ignorais et plus leurs voix se faisaient fortes, plus elles se mettaient à te suivre – *Tu t'es perdue ?* – le ton était haussé – *Tu cherches un homme ?* – leur haleine empestait la ruelle trop étroite pour vous deux – *Attends, je suis là.* Tu as hurlé. *Allez vous faire foutre.* En arabe, quatre syllabes prononcées rapidement que tu n'avais encore jamais osé dire à haute voix et qui t'avaient échappé brutalement, fatiguée d'eux et de tout le reste. Au début, il y eut un silence. Silence de l'homme étonné de voir cette femme parler, silence de l'homme heurté. Silence de voir que tu n'étais pas qu'une cavité qui absorbe, comme tu le faisais docilement chaque jour, dans les ruelles denses, là où lui ou un autre pouvait promener sa main sur tes fesses, là où tu te taisais, espérant que ça s'arrête. Alors il t'a violemment pris le bras, t'a fait tourner sur toi-même d'un coup sec. On aurait dit une danse. Tu as atterri dans ses bras. Vos yeux se sont rencontrés. Tes lèvres étaient crispées, cachées derrière tes mèches collées par la salive, l'épaule était douloureuse, les doigts sales de l'inconnu collaient au bras nu. Les yeux empestaient la haine, à travers ses narines retroussées, il avait rapproché son visage, si bien qu'il était difficile de distinguer l'origine de la voix : *Tu nous cherches ? T'es malade ?* D'abord la peur, la respiration saccadée. Secouée, les quatre syllabes s'étaient répétées, avaient glissé. *Allez vous faire foutre.* Les mêmes mots répétés d'une traite, sans respirer, sans cligner des yeux, et tu as regardé l'inconnu. Un crachat de mots trop courts pour trahir la panique, la douleur lancinante le long du bras.

Mais assez longs pour que le coup parte. L'inconnu t'a giflée. Un coup fort, qui immobilise le corps, pour te gifler encore, et encore. Les coups empêchaient de parler. La difficulté de respirer, le nez qui saigne et la bouche qui refuse de s'ouvrir, l'incapacité de se débattre, les quatre mots brefs répétés, quatre mots brefs que tu frappais sur la porte du malheur, comme une litanie. Quelque chose le faisait vaciller en arrière, l'inconnu tanguait, alors tu t'es mise à courir à travers les ruelles du labyrinthe de la Médina. Les ongles des pieds tapaient contre la chaussure trop étroite ; ils saignaient. La douleur n'empêchait pas la course haletante, plus rapide à mesure que leurs respirations se rapprochaient, tu courais pour vivre, les larmes salées piquaient la peau, et un cri a fini par sortir, la peur intense lorsqu'un des deux hommes s'est emparé de la bretelle de ta robe, te faisant valser en arrière. L'épaule déjà meurtrie, le chancellement, la course branlante, l'oscillation, les tremblements, la main de l'homme qui tente de te retenir et que tu mords de toutes tes forces. Le goût terreux qui envenime la gorge, gâte le palais. Tu ne savais plus où tu étais, aveuglée par les larmes et les rues qui s'ouvraient et se ramifiaient comme les veines qui avaient explosé dans ton œil, tu avais peur de l'impasse, tu ne pensais qu'à l'impasse, celle où tu te retrouverais entre les deux hommes et le mur dans ton dos. Tu imaginais leurs souffles sur tes lèvres, leurs mains sur ton corps, la haine du regard de l'inconnu traduite en gestes, ton propre corps étendu à terre, poignardé entre les jambes, le sang à l'intérieur des cuisses et dans le nez. Le sel des larmes commençait à ronger la peau, la sueur piquait la racine des cheveux, le sang du nez contournait les lèvres, et le souvenir de Quentin si loin avec l'évanouissement de l'aube. Quentin paisiblement endormi. Tu n'as pas cessé de courir, te sachant guettée par les quelques regards curieux qui avaient dû s'aventurer entre les fenêtres au-dessus, ces regards qui n'avaient jamais sauvé personne. Hormis le cri qui t'avait échappé, tu n'avais pas imploré, car tu te souvenais. De la nuit où, enfant, tu avais entendu un jeune supplier en pleurant dans la rue, tandis que quelques hommes l'entouraient. Curieuse, tes yeux s'étaient aventurés par la fenêtre, sans rien distinguer ; seules les implorations te guidaient. Le lendemain, les voisins avaient eux aussi entendu les bruits, mais non, n'avaient rien fait. « Ce sont leurs problèmes. Et puis, il l'avait sûrement bien cherché. » Dans le bol de lait dansaient ces paroles. *Il l'avait sûrement bien cherché.* En sortant dans la rue, tu avais aperçu sur le trottoir une flaque brune de sang qui séchait au soleil. Voilà ce que tu allais devenir, un corps sanglant ramassé par un taxi matinal, un sujet de discussion autour du petit déjeuner, un corps de femme « qui l'avait sûrement bien cherché ». C'est ce que tu te répétais, avant de te retrouver dans un virage qui signait la fin du quartier insidieux de la Médina, au bord de la falaise qui donnait sur la mer. Il n'y avait plus de chemin, plus de rues, plus de maisons. Tu t'es retournée ; ici, Tanger s'arrête et te revient à présent ce vers de Tariq ibn Ziyad, qui a donné son nom au détroit dans ta langue, et que tu récitais enfant : *La mer est derrière vous, l'ennemi devant vous, et vous n'avez par Dieu que la sincérité et la patience.* Mais il n'y avait personne à tes trousses. Ivres, ils avaient probablement dû quitter la course depuis un moment déjà. Le ciel était devenu clair, les mouettes rôdaient autour, dans des croassements hideux. Essoufflée, le nez coulant, les cheveux collés contre le visage submergé de khôl. Abattue, les yeux ruisselant face à la mer, tu avais fini par chuter sur ton épaule luxée ; tes genoux s'étaient déchirés au contact des pierres au sol. Tu es restée là, le dos courbé, comme priant, et t'es mise à pleurer aux premières heures de la journée.

La même terreur liquide s'est reproduite quelques mois plus tard. Après les photos, la salle de bains, les fajitas, toi paralysée par la peur devant la porte, Quentin ne semblait plus en colère, ce qui le rendait encore plus menaçant. Il a pris le temps d'inspirer lentement, n'a pas répondu quand tu lui as demandé si ça allait, si tu pouvais partir, et s'est mis à caresser tes jambes. Une angoisse nouvelle s'est nouée en toi. L'incapacité de dire non, l'intimidation : pour qui te *prenais-tu*, pour oser lui dire non ? Tu étais bien allée chez lui, au milieu des fantômes de sa chambre, dans cette maison trop luxueuse, réservée aux expatriés, que les *indigènes* ne peuvent connaître qu'en y travaillant. Tu te tenais là, entre les femmes de ménage, les jardiniers, les laveurs de carreaux, et attendais que ton rôle te soit dicté. Il ne t'a pas embrassée, ni même caressée. Tout était machinal, il a retiré ses vêtements et t'a pénétrée sans un mot, dans le silence le plus insupportable. Tu avais envie de lui demander d'arrêter, la douleur te transperçait le ventre. L'humiliation bloquée dans la gorge, tu as tenté mais t'étais tue, par peur. Peur de déplaire, peur de ne pas réagir comme il était attendu de toi. Même aux yeux du Français, à la minute où tu n'étais plus vierge, où des photos de ton corps étaient sur internet, celui-ci devenait offert, facile. Il a enfoui sa tête contre ton cou et tu avais la pénible impression qu'il l'avait fait pour oublier que c'était toi. Tu as fixé le plafond, te demandant à quoi vous ressembliez de là. Ton sourire était éteint, faible mais présent toujours, il s'est ensuite allongé près de toi, le bras derrière la tête, révélant son corps transpirant, attendant que tu disposes et quittes sa chambre. Devant son corps d'homme, tu avais essayé de le revoir enfant. Lui et toi, enfants. Avec tes tresses qu'il aurait tirées et sa frange qui lui aurait caché les yeux quand il courait. Tu as vu l'enfance défiler avec violence. L'innocence écrasée. Tu t'es levée, rhabillée et tu es partie, la peau irritée, la respiration sifflante, les yeux qui piquent, le corps douloureux, les cheveux ébouriffés, les mains lasses et les bras vides, le cœur qui bat vite, bruyamment. Aujourd'hui encore, le parfum de Quentin croise ton chemin, porté par d'autres hommes, et provoque le même vertige.

En rentrant chez toi, tu as mis du temps à réaliser l'endolorissement, aux bras, aux poings, aux articulations, les taches rouges et bleues qui se formaient à la surface de ta peau. Seule dans ta chambre, la douleur la plus vive était celle qui cognait sur le devant du crâne, sous le front. Elle ne te faisait plus voir l'avenir : tu ne savais plus dans quelle direction aller, tu ne savais plus si tu étais capable de bouger. Une heure s'est écoulée ainsi. Les jambes fourmillaient, les bras étaient lâches, les poings n'avaient plus de consistance, les gerçures des lèvres saignaient.

Tu t'es persuadée que chaque jour, quoi qu'il arrive, tu te lèverais, tu préparerais ton thé, et que tu affronterais cette journée. Mais tu réalises l'illusion, au milieu de ce tourbillon, tu essaies de retrouver la fille que tu as un jour été, celle qui se cachait avec son cousin derrière l'allée feuillue pour épier le sacrifice du mouton, alors même que les adultes vous avaient interdit d'assister au spectacle. Vous regardiez sans horreur le sang chaud qui jaillit du cou de l'animal – caressé et nommé la veille –, la vapeur brûlante et épaisse qui s'échappe de la gorge : « C'est son âme », murmurait ton cousin, avec cette fascination sans peur des enfants qui découvrent tout. Tu étais cette fille qui ne craignait pas les vêtements sales, les cheveux défaits, qui riait en passant son pouce en travers de sa jugulaire pour rejouer la scène devant les autres enfants qui n'avaient pas osé voir, à côté des babouches des pères et oncles, tachées de sang et alignées devant le salon.

Il fut un temps où Quentin savait beaucoup de toi ; c'est ce qui rendait la trahison plus violente encore. Il n'a pas été un homme inconnu croisé sur le chemin d'une route sombre, qui a usé de la force pour avoir ce qu'il voulait. Il a été un ami, tu l'avais aimé. Il a été celui choisi, fascinant et dansant, et non celui que les circonstances imposaient. Tu avais voulu le faire entrer dans les remparts du mur qui entourait ta vie, tu lui avais pointé tes faiblesses. Il t'avait ri au nez le jour où tu lui avais dit qu'il n'avait pas le droit de faire ce qu'il avait fait. Tu n'avais pas su comment réagir devant son rire moqueur, il savait que tu ne pourrais jamais en parler à la justice du Maroc, puisque tu étais coupable des photos. Tu t'es répété que Quentin n'a plus le même éclat et la même puissance au milieu de centaines d'autres qui lui ressemblent. L'éblouissement qu'il dégageait au Maroc disparaît dès lors que d'autres Quentin marchent chaque jour autour de toi. Par là même, son immunité n'est plus, et justice peut être faite ici. Tu en étais persuadée.

9.

Tu t'es dirigée un jour vers la porte massive du commissariat du IXe. À l'entrée, deux hommes sont venus te fouiller. Tu étais mince sous tes vêtements, ton corps ne ressemblait plus au corps pétillant des photos. Tu ne savais plus sourire. Un des agents t'a demandé ce qu'il t'arrivait, pourquoi tu étais là, ce que tu voulais. Il avait l'air bienveillant, plutôt jeune (peut-être avait-il ton âge), d'autres agents l'appelaient Seb en passant rapidement. Seb, donc, parlait à voix haute, devant tout le monde, alors que tu murmurais, alors que le mot « photo » avait du mal à franchir le seuil de tes lèvres. « Des photos ? Quel genre ? Pornographiques, érotiques ? » Tu étais comme nue au commissariat, la tête s'est resserrée et face à ton silence Seb a enfin aperçu ta gêne, t'a proposé d'en parler en privé, te tournant déjà le dos en direction d'un bureau. Tu l'as suivi en évitant la salle du regard. L'échange a duré une heure et trente-six minutes. Tu t'es sentie piégée, le policier a dit devoir prévenir l'entourage, évaluer ton état mental au moment où tu avais pris les photos, te rappeler, te demander de revenir, avec un témoin, quelqu'un de la famille, par exemple.

Tout sauf ça. Tes parents mourraient de honte par ta faute, tes erreurs leur seraient fatales, c'est ce que tu lui répétais, c'est ce que tu essayais de lui expliquer. Lui a souri : « Mais non. Comme s'ils avaient jamais vu ou fait pire. Ils ont été jeunes aussi, tu sais ? Je peux te tutoyer ? » *Je ne veux pas qu'ils pensent ça de moi.* La seule phrase qui te revenait, les moments de tendresse que tu avais avec ton père, lorsqu'il t'achetait des bonbons à la sortie de l'école primaire, ou qu'il t'aidait à faire des châteaux de sable à la plage en construisant les escaliers avec ses pieds, parce qu'il ne pouvait pas se baisser à cause d'une sciatique qu'il camouflait en prétextant que ces escaliers étaient essentiels, sinon personne ne verrait combien les tours que tu construisais étaient jolies. Ton père qui a été ce verre qui attend. Ce verre vide en face de toi, sur la nappe beige, puis rouge à pois. Les années qui passaient et le verre vide, posé là, comme une garantie qu'il viendrait, mais pas encore, pas tout de suite, pas maintenant. Ton père a été l'absence. Des « Où il est ? », « Il arrive quand ? », « Il est énervé ? ». Une absence que tu as tenté de combler avec son parfum, ses vêtements trop larges pour toi cachant ton corps de fille qui le dérangeait. Et tes pulsions qui étouffaient entre ses grandes mains. Il te faisait plus peur encore quand il ne te frappait pas. Non, tu ne pourrais jamais leur dire. « Je ne veux pas qu'ils pensent ça de moi », répétais-tu à Seb.

L'interrogatoire a repris. Seb te demandait ce que tu faisais en France, il essayait d'avoir l'air sympathique, *je te tutoie hein*, alors que tu avais déjà laissé faire la première fois. Le huis clos s'est resserré, deux autres agents sont entrés dans la pièce, derrière ton dos. Tu as répété : « Je retire ma plainte, je retire ma plainte, je vous en supplie, je retire ma plainte. » Les questions fusent, des trois agents, en même temps. Tous étaient curieux, c'était la grande distraction, la pause récréative entre les déclarations de vol et de perte de pièce d'identité. Une quatrième personne était à l'autre bout du téléphone, Seb devait juger important d'en informer tout le monde, il se « renseigne », il essaie de « trouver des solutions ». Tu t'es effondrée en larmes, Seb balayait les photos, pour les revoir, les décrire à son collègue au téléphone qui lui demandait des détails : « Des photos de charme », les appelait-il. « Non, pas d'appareil génital visible. » Tu es devenue un échantillon dans un cabinet, petite souris qui courait dans une roue à n'en plus pouvoir, observée par des chercheurs blasés qui surveillaient chacune de ses réactions. Toisée, désarticulée, démembrée. Tu as vainement tenté de serrer ton manteau autour de toi pour cacher ton corps, tu as eu envie d'être cette même souris pour pouvoir fuir de là. C'était « moins grave » si le sexe n'apparaissait pas, « moins grave » si ton visage n'apparaissait pas – « vous avez bien fait de cacher votre tête », disait un collègue dans ton dos. « Ça gâche des vies, des histoires comme ça. » Mais selon lui l'idée que tes parents ne puissent pas savoir, elle, était grave. Une question a achevé de te briser : « Alia, c'est Alia hein, rappelle-moi – je te tutoie hein –, dans quel but t'as pris ces photos ? »

Tu as fini par quitter le commissariat, en imaginant le regard fier de Quentin qui te toisait, l'air de dire « je t'avais prévenue ». Une voiture qui passait a manqué de t'écraser. Tu t'es sentie abandonnée, les étrangers croisés dans la rue te dévisageaient lorsque tu essayais de leur demander ton chemin. « Non merci, je ne suis pas intéressé. » Tu ne savais plus où tu étais, marginale et salie : *dans quel but t'as pris ces photos ?*

Tu avais tenté d'en parler à la police.

Tu avais tenté de raisonner Quentin. Le supplier, même.

Tu avais tenté de passer à autre chose.

Tu avais tenté de retourner chez toi. *Chez toi.*

I paid in blood to be here.

I paid with a childhood littered with bigger monsters than you.

I've been beaten into a silence more times than I've been embraced on this earth[1].

Et maintenant, quoi ?

1. Rupi Kaur, *Home Body*.

10.

On ne sait rien de l'enfance de ton père. Tu n'as pas connu ses parents mais tu te souviens d'un soir où, petite, tu avais eu une violente crise de larmes en pensant au grand-père que tu n'avais jamais vu. Le père essayait de te calmer mais tu étais inconsolable. Un je-ne-sais-quoi avait amené cette profonde détresse, à la mort de quelqu'un que tu ne connaissais pas. Peut-être pressentais-tu qu'avec une généalogie, une partie de ton père t'aurait été plus accessible. Plus tard, tu ne comprenais pas ses coups de colère. Il partait en claquant la porte, revenait apaisé et un peu coupable, ce qu'il manifestait par un inhabituel trop-plein d'attention. Tu t'inquiétais et ta mère haussait les épaules : ça lui passera. Plus tard, tu es devenue comme lui. Farouche, à te retourner sur tes pas, le corps alerte, le regard agressif, l'animosité enfouie sous l'épiderme.

Le dialogue avec ton père a toujours été ponctué par des signes, des raclements de gorge discrets (ne se rendait-il vraiment pas compte ou faisait-il semblant de ne pas voir ?), des coups de pied sous la table pour cacher la gêne, son sourcil levé quand il était en colère. Ta mère t'avait dit une fois : « Tu sais, tu pourrais laisser ton journal intime posé près de lui qu'il ne l'ouvrirait pas. Parce qu'il aurait peur de ce qui s'y trouverait. » L'air accusateur derrière cette déclaration t'avait glacée. Puis, plus tard, tu y avais repensé. Au-delà de l'étrangeté de cette révélation, la lâcheté du père t'avait indignée. Tu t'es trouvée presque insultée par ce respect de ta vie privée, que tu as perçu comme du désintérêt. Il a changé quand tu es partie. À Lyon, la seule fois où il est venu, il a hésité en te quittant, tu lui as couru après pour lui dire au revoir encore, tu l'as regardé partir en pleurant et tu as senti l'émotion chez lui, même s'il ne savait pas la montrer. Il t'avait aidée à déposer les valises, et maintenant que c'était fait, votre relation n'avait plus lieu de continuer. Il rentrait donc, te laissant tristement seule en France, en plein juillet, alors que le pays était en vacances.

Il est rentré au Maroc mais il était toujours présent en toi. Chacun de tes gestes dépendait de lui : tes vêtements, l'alcool, la nourriture, les livres, les films, la musique. Ce n'est qu'en présence des hommes qu'il cessait d'exister. Lorsque tu étais petite fille, ton père était le héros qui ne voulait pas de toi. Alors tu avais arrêté de danser, de chanter à table, de mettre des jupes, de lâcher tes cheveux. Tu avais essayé d'oublier les garçons, tu t'asseyais en écartant légèrement les jambes, tu écoutais plutôt que de parler, tu fréquentais ton cousin pour mimer ses gestes (t'essuyer la bouche avec l'aide de ton avant-bras, jouer au foot avec le premier caillou qui croisait ton chemin, te battre dans les cours de récréation), tu refusais de pleurer quand les coups de bâton de la maîtresse pleuvaient sur le bout de tes doigts frigorifiés en hiver. Tu avais éprouvé un sentiment de légitimité quand on t'avait diagnostiqué une scoliose, la cicatrice striant le bas de son dos que tu essayais d'entrevoir dans le reflet du miroir. Tu avais haï tous les chiens pour le venger de celui qui avait déchiqueté sa cuisse. Tu avais décidé d'être scientifique, pour parler à ton père, pour avoir des choses à lui dire, puisqu'il ne connaissait de ta vie que la façade que tu lui offrais.

Tu te demandes si, garçon, tu aurais autant cherché son approbation. Est-ce qu'il t'aurait plus serré dans ses bras si tu avais été son fils ? Est-ce qu'il t'aurait ébouriffé les cheveux, est-ce qu'il aurait accepté de nager avec toi, est-ce qu'il t'aurait dit « je suis fier de toi » et « je t'aime » ? Si, garçon, il t'aurait plus regardé. Si tu aurais pu exister à ses yeux autrement que par la honte que tu pouvais représenter, par tes vêtements, ta manière de parler, tes amis. Si d'ailleurs il t'aurait laissé avoir des amoureuses.

Tu te demandes si ta bisexualité aurait été moins cahoteuse, si tu aurais moins détesté ton genre dans ce qu'il reflétait de toi-même. Si tu aurais été aussi attentif à ses gestes, pour pouvoir prédire. Si tu aurais été autant aux aguets, si tu aurais été aussi capable de reconnaître ses pas depuis ta chambre. Si tu aurais quand même écrit, puisque tu n'en n'aurais peut-être pas eu besoin s'il t'avait laissé t'exprimer, parler, crier, claquer les portes.

Tu te demandes si tu lui en aurais autant voulu à l'adolescence. S'il serait resté au seuil de ta chambre pendant ta dépression. Si aujourd'hui tu pourrais répondre autrement que « oui ça va » quand il t'appelle, alors que l'intérieur de ton poignet cicatrise encore. Tu te demandes si tu aurais quand même eu un problème avec l'alcool, si le vin rouge serait aussi traître à tes yeux.

Tu te demandes si, sans les photos qui n'auraient pas eu lieu d'être puisque tu aurais été un homme, tu serais resté au Maroc.

Mais malgré tes efforts, tes seins ont poussé et tu n'as jamais été ce garçon que tu rêvais d'être. Et les portes ont continué à se fermer derrière ses sorties solitaires. Petite, tu passais tes étés au même endroit, avec la même famille, chaque année, encore et encore. Assise au salon, devant tout le monde, tu essayais de discuter avec un oncle qui t'avait toujours intimidée. Plus petite, il passait son temps avec tes cousins et toi, à construire des hamacs et à se moquer gentiment de vous. Adolescente, tu gardais ton corps maladroit sous les sweats à capuche que tu achetais en contrebande aux rayons pour homme. Assise, donc, tu regardes la scène, et tu lui dis quelque chose dont tu ne te souviens plus. Et puis, soudain, il te fixe, et dit : « Sois plus féminine. » Quelques mois plus tard, une fille dont tu étais amoureuse (il t'a fallu des années pour réaliser que ce sentiment éprouvé à son égard n'était pas seulement de l'amitié, toi pour qui l'amour d'une femme pour une autre femme était impossible, inenvisageable) t'a dit : « Tu aurais mieux fait d'être lesbienne, les garçons ne te regardent pas. » La désapprobation, le dégoût de ces deux voix ne t'auront jamais quittée, hormis aux instants suspendus des séances de photos.

Un soir, après t'être brossé les dents, à l'embrasure de la porte, tu as entendu ton père dire à ta mère : « J'ai l'impression d'avoir raté ma vie. » Tu étais entre l'enfance et l'adolescence, cette phrase t'a fait subitement vieillir. La tristesse mêlée à la colère d'entendre ça : considérer sa vie comme ratée, c'était balayer ton existence et ce qu'elle pouvait apporter à sa vie, toi qui n'avais vécu que pour être à ses yeux. Tout ce que tu avais pu faire pour lui plaire du haut de tes dix ans n'avait servi à rien.

Malgré toi, il considérait sa vie ratée.

Aujourd'hui, en y songeant, une douleur t'enveloppe. Ton père a toujours vécu dans le secret. Il a compris que là d'où vous veniez, la réussite passait par le fait de taire ce que vous étiez. Tu n'as su que tard qu'il lisait les mêmes livres qui t'intéresseraient des années après, qu'il écrivait lui aussi lorsqu'il était étudiant. Qu'il offrait des petits tableaux à ta mère quand ils sortaient ensemble. Tu as découvert une facette de la personnalité de ton père qu'il n'a jamais songé à partager avec toi, ne te laissant d'autre point commun que la Méditerranée et son silence qui a embaumé vos cris. Peut-être n'était-ce pas le fait d'avoir une fille qui lui était insupportable, mais plutôt qu'elle lui ressemble tant.

Lorsque tu songes à cette connivence, tu te demandes ce qu'il penserait de ces photos. Pas en tant que père, mais en tant qu'homme. Peut-être que cet homme-là aurait compris, aurait saisi, le désespoir et la quête et l'interrogation du regard masculin sur cette fille – sa fille. Encore eût-il fallu que cet homme soit toujours là.

Il y a toujours eu cette toile fine entre vous. Aujourd'hui, elle s'est durcie, et les rares manifestations d'affection ne font rien pour la déchirer. Lorsque tu étais encore en maternelle, il était parti un matin en te laissant seule à la maison parce que tu étais en retard. Tu avais couru pour le retenir et la porte en bois s'était fermée sur ton visage. Tu avais essayé de ne pas paniquer, tu avais attendu que la porte s'ouvre et qu'il apparaisse, impatient et pressé, avant de réaliser qu'il était *vraiment* parti. Quelques mois plus tard, il s'était appuyé sur toi au détour d'une rue. Il sortait d'une lourde opération au dos et vous étiez probablement sortis faire les courses. Son dos lui faisait mal, vous étiez à une dizaine de mètres de l'appartement, mais il ne pouvait plus avancer. Tu avais six ans et à la peur intense de le perdre, de le voir démuni, se mêlait une fierté étrange, celle de lui être utile, nécessaire. Qu'il ait besoin de toi. Avec le recul, tu revois son sourire, sa manière d'essayer de te rassurer, peut-être mêlée à un semblant de fierté.

Récemment, il t'a appelée pour t'annoncer la mort de sa sœur. Il parlait avec solennité, il a dit qu'il l'avait appris quelques minutes avant sa réunion. Il ne pouvait pas annuler, il l'a maintenue jusqu'au bout, sans souffler, sans pleurer, sans même y réfléchir. Son travail avant tout. Si bien qu'il avait gardé ce ton avec toi au téléphone. Sortant du restaurant où tu travailles (travaillais ?), tu t'étais assise sur le trottoir et tenu la tête, tes mains cherchaient ces petits détails pour te rassurer : les cheveux qui bouclent sous tes doigts, la peau qui picote, le sourcil qui tombe sur les paupières. Tout était trop. C'est à la mention du corps de sa sœur et de l'enterrement que tu as senti la première fissure. Tu t'es mise à pleurer en silence, *comme un homme*. Il n'a rien entendu, mais il s'est mis à pleurer également. Il a pleuré, puis s'est excusé, a raccroché, a dit qu'il rappellerait plus tard. Il s'est aussi excusé par message mais n'a pas rappelé. Tu n'as pas osé lui dire que tu aurais aimé le garder au téléphone, pleurer avec lui.

Tu aurais aimé aussi pleurer avec lui le jour où les photos ont été publiées. Le jour des agressions et peut-être aussi celui du viol. La distance qu'il maintenait te tuait : celle du père qui n'a pas supporté que sa fille l'entende faiblir.

« On les aura hein, on les aura ! », te disait souvent ton père en roulant les r. Il riait, et toi aussi au début, puis de moins en moins, puis plus du tout. Vous ne les avez pas eus. Vous les avez vus profiter d'un système qui n'en finissait pas et qui vous survivrait. Aujourd'hui, plus que jamais, tu ne les as pas eus.

Très jeune déjà, tu le regardais et tu te disais : « Je n'attendrai pas pour les avoir. » Tu voulais te lever et te bagarrer. Dehors, tu répondais aux agresseurs, tu récupérais le téléphone des mains de celui qui te l'arrachait, tu t'arrêtais pour fixer l'homme qui effleurait ton sexe dans la rue. Mais aujourd'hui, et petit à petit, à force de coups de poing, tu t'es enfoncée dans le mur. Tu as fermé la gueule, courbé l'échine, les larmes au bout des paupières, les dents serrées. Tu t'étais promis qu'un jour tu les aurais, mais pas aujourd'hui. Puis plus du tout.

Tu as eu l'illusion de te penser garçon. Au début, c'était un jeu inconscient, à travers lequel tu espérais gagner l'attention de ton père. Ensuite, c'était devenu un réflexe de survie, chaque fois que tu marchais dans les rues, pour éloigner les hommes et les femmes médisantes. Au collège tu t'étais fait passer pour un garçon auprès d'une fille que tu avais rencontrée sur internet, à qui tu voulais parler sans savoir comment. Au moment où ça s'était passé, tu n'avais rien réalisé des conséquences. Pour toi, c'était un jeu, tu ne t'étais pas interrogée sur ce qui t'empêchait de parler à cette fille en étant une fille, ce qui t'empêchait d'être son amie. Tu ne voulais pas être son amie, tu voulais être un garçon, qu'elle te parle comme elle parlerait à un garçon qui lui plaisait. Tu as choisi d'incarner Yassine, un garçon qui jouait au basket. Tu lui as plu, et au bout de quelques semaines, elle t'a plu aussi. Beaucoup.

Jusqu'au jour où tu as voulu lui téléphoner, un soir où tu te sentais triste. Tu lui as parlé, tu as entendu sa voix féminine qui tremblait, et elle n'a pas relevé la tienne. Elle a cru que tu étais un garçon, du moins elle est restée au bout du fil et n'a rien demandé. Tu as fini par devenir Yassine, et tu as pris peur. Elle, au contraire, s'était attachée à cette idée, de pouvoir appeler en pleurant et de t'avoir à son écoute. Tu as pris peur et tu ne lui as plus répondu. Tu ne savais plus qui tu étais et n'étais plus si sûre d'aimer ton personnage. Plusieurs mois plus tard, la nostalgie t'a poussée à lui écrire à nouveau et elle t'a rejetée, te reprochant le départ impromptu et brutal. Tu n'étais devenue qu'un garçon comme les autres.

Le jeu t'a échappé. Puis tu es devenue une femme malgré toi, sans t'en rendre compte. Tu continuais à ne fréquenter que des garçons, persuadée que tu étais encore un des leurs. Le soir, tu prenais des photos de ton corps, pour te persuader qu'il était encore là, pour te familiariser avec cette peau que tu ne reconnaissais pas. Puis l'illusion s'est craquelée quand tu as surpris dans le reflet de la glace un de tes amis observer tes fesses. Debout au milieu de sa chambre, tu t'es brutalement retrouvée séparée de ton corps. Ta féminité transparaissait au-delà du vêtement. Plus tard, quand un autre ami s'est penché vers toi pour t'embrasser, la même sidération t'a prise. Dépossédée de ton corps, tu n'as pas osé dire non. La force masculine qui te caractérisait, la virilité qui te faisait insulter les inconnus, ont toutes deux disparu. Soudainement, tu découvrais ton corps de femme. Tu ne le retrouvais que dans la violence qu'il subissait, dans l'infinie faiblesse de la confiance volée par un ami, dans sa main serrée autour de toi, qui t'empêchait de parler. Tu as décidé de gérer ça *comme un garçon*, tu t'es levée et tu es partie. Dans la rue, tu as couru à en perdre haleine, pensant qu'en courant vite, très vite, tu te séparerais de ton corps sali par l'odeur des autres, persuadée que tu finirais par retrouver cette force qui te fait tout affronter.

Mais tu n'es pas un garçon. Les photos sont là pour te le rappeler, chaque jour. Non, tu ne les as pas eus.

11.

Tu sors de la douche. Nue devant la glace, tu te fixes, tu cherches les traits qui te trahissent. Partir ou rester. Te regarder te rappelle les séances photos, ces moments étirés passés à te fixer devant un miroir, longtemps, avant de finir par déclencher l'objectif. Tu tires sur la lèvre, trop pulpeuse, tu regardes les racines de tes cheveux, les sourcils broussailleux. La peau cuivrée, un peu jaunie. Parfois – trop souvent – tu compares sa couleur à celle des femmes assises à côté de toi. Leurs mains sont crémeuses, rosies quand il fait froid, la tienne devient gonflée et pâle, comme du vieux tabac. Il fut un temps où cette vision te rappelait les doigts de ta mère, jaunis par le curcuma, et cette image te faisait sourire. Mais cette fois, épier le corps ne suffit plus. Devant la glace, tu parles, tu essaies de déceler un accent, quelque chose. Mais tu ne trouves pas, tu as l'impression de devenir étrangère à toi-même, à force de te dévisager nue. Les rares grains de beauté, les taches de naissance, les zébrures des vergetures, de la peau qui s'étire en blanchissant. Tu te montres du doigt, avec mépris, les gestes sont lents comme le sont ceux de toute personne ivre, tu te parles en arabe, des mots murmurés, à peine perceptibles. Tout est de la faute du soleil. Le soleil, le sable brûlant. Le volley, le corps doré des filles. Toute cette violente beauté. Meursault a tué l'Arabe. Les quatre coups de feu. Les quatre coups dans la balle qui vole au-dessus des filets. Les bras qui rougissent. Le soleil qui aveugle, les jambes qui tremblent, les cheveux qui étouffent. La douche froide qui fait frissonner. Frotter la haine avec violence. Frotter sa peau jusqu'à ce qu'elle blanchisse. La crème a un parfum de miel et d'huile d'argan. En finir rapidement, avec la douche et les souvenirs. S'allonger, admirer le vide. Il faut prendre une décision.

Ne nous reprochez pas l'exil, ô gens, ne nous reprochez pas l'exil,

[…]

Je n'ai pas oublié ma vie, ô gens aimés,

Je n'ai pas oublié ma vie, je n'ai pas oublié mes proches,

Mon histoire est celle de la catastrophe,

Où m'emmènes-tu mon frère, où m'emmènes-tu[1] *?*

La lune illuminait ses doigts qui tapotaient sur le volant lorsque ton père conduisait la nuit, en écoutant religieusement les chansons de Nass el Ghiwane, alors qu'il pensait que vous dormiez. Tu gardais précieusement cette intimité volée, les yeux à peine ouverts, pour le voir sans être vue. Là, la moitié de ta vie cartonnée, tu as enfin l'impression d'approcher ton père, son silence, sa tristesse.

Tout est de la faute du soleil. Allongée sur le lit, tu réfléchis à ce que tu as laissé derrière, ce que tu t'apprêtes à retrouver si tu y retournes. Tu essaies de te convaincre que tu as véritablement laissé quelque chose, que ce ne sont pas que des mythes personnels pour te donner une contenance. Toutes les

1. Nass el Ghiwane, *Fine Ghadi Biya Khoya ?*, 1973.

facultés sont tournées vers cette entreprise : retrouver ce que tu es persuadée d'avoir perdu. *Tu te souviens de ces cris poussés au balcon, entourée d'autres lycéens que tu ne connais plus ?* C'est à peine si tu te rappelles leurs noms, visages défigurés par la course et la honte. Tu te souviens de leur bonheur, de leurs cris brûlants qu'ils lançaient à la Méditerranée, aux palmiers, à l'Europe dont la silhouette se distinguait si bien les jours de soleil. Même les éoliennes espagnoles avaient l'air plus accueillantes que les vôtres. *Mes chers parents, je pars. Je vous aime, mais je pars. Vous n'aurez plus d'enfants, ce soir.* Aujourd'hui, cette scène d'euphorie collective t'est étrange, presque dérangeante. Vous aviez dansé en écoutant des chansons populaires qui t'auront fait pleurer les mois suivant ton installation à Lyon.

Ô bateau, ô mon amour, sors-moi de la misère, dans mon pays je suis méprisé, je suis fatigué, je suis fatigué, et j'en ai marre.

Même Quentin se déhanchait sur ces airs nostalgiques. Mais cette tendresse a vite été rattrapée par l'aigreur. S'installer en France n'était pas si simple, et vous n'aviez pas voulu le voir, vous accrochant désespérément à l'idée d'une vie française, c'est-à-dire différente. Tu n'avais jamais vraiment réalisé que ton déménagement n'était pas le point d'arrivée, ni le point de départ, de quoi que ce soit. Il était seulement inscrit dans une continuité fêlée. Tu t'es contentée de dater ces failles, comme si l'échec ne durait qu'un jour. Un 21 novembre où tu avais su que la dépression s'était faite reine du quotidien. Un 1er février où tu avais vomi d'angoisse parce que ton premier amoureux – un Français, déjà – allait te quitter, et que tu ne pouvais rien faire pour arrêter le déclin. Mais tu n'as pas réussi à dater l'échec de ta vie en France, ignorant quand avait commencé l'illusion, ou quand elle s'arrêterait.

Lorsque tu fouilles dans ta mémoire, tu repenses aux nuits d'été de Tanger, les fenêtres ouvertes, passées à écouter la voix du muezzin résonner dans les rues parfumées d'encens, tu revois les vagues lécher tes jambes et tes cheveux près de la Corniche. Le café de Mohamed Choukri où tu allais te réfugier, les ruelles étroites qui traversent en rhizomes le boulevard Pasteur d'où tu pouvais parfois apercevoir la mer, les bougainvilliers, les clandestins qui dorment dans les cimetières abandonnés. Tu repenses à Ilias, aux regards brûlants que tu lui jetais dans un pays qui ne te permettait pas de l'embrasser. Aux nuits passées à imaginer sa présence. Aux lettres écrites d'une plume maladroite, qu'il cachait derrière les compteurs électriques, dans les couloirs, sous les paillassons. Aux soirs passés à chanter un air de Pink Floyd que tu as ensuite écouté en boucle à l'aéroport lorsque tu es partie, et que tu n'as plus réécouté depuis. Voilà ce que la mémoire offre, souvenirs répandus dans un passé flou. La dernière discussion avec Ilias s'était d'ailleurs terminée ainsi : « La France te va mieux, Alia. » Tu as longtemps repensé à cette phrase ; est-ce une critique ou un compliment ? Tu ne sais toujours pas vraiment comment la comprendre. Sans doute est-ce le cœur du malaise. Peut-être devrais-tu le lui demander.

12.

Pendant des années, tu as tenté de récupérer ton corps disloqué. Le lien à ton corps est toujours passé par la douleur, il n'y avait que cela pour le sentir, jusqu'à la névrose. Tu aimais parfois laisser tes mains s'ankyloser sous un poids quelconque pour pouvoir ensuite caresser ta peau, tes bras, ton ventre, comme s'ils étaient extérieurs à toi-même, étrangers. Puis tu t'es réfugiée dans l'analyse. Ne sois pas *hystérique*, reste posée. Réfléchie. Sérieuse. Mature.

Tu te pensais spéciale lorsque des adultes s'intéressaient à toi alors que tu étais mineure, spéciale quand un Français daignait te regarder. L'infériorité néocoloniale te coulait dans les veines. Un jour, alors que tu notais une commande sur ton calepin, un homme aux cheveux grisonnants avait fini sa demande par un *choukrane*, l'air fier, légèrement condescendant. Tu t'étais sentie humiliée par ce *choukrane* égratigné, le « r » ronronnant t'avait donné des frissons. « Un merci aurait suffi, je comprends le français, vous n'êtes pas obligé de… », tu ressassais cette réponse sur le chemin du retour, des heures après. Puis le tutoiement, la perte des repères et des politesses : « Ça signifie quoi, tu veux me faire comprendre quoi ? » Tu étais la Maghrébine qui les servait et c'était peint sur ton visage, tu aurais beau écrire la plus belle prose, tu resterais celle à qui on répond plus naturellement *choukrane* que *merci*. Même tes collègues ne pouvaient s'empêcher de jeter un œil complice dans ta direction quand l'un d'eux lançait un *inchallah* en rigolant. Mais tu n'avais rien dit, tu ne disais jamais rien, tu t'es contentée de servir cet homme en évitant de recroiser son regard.

Tu as perdu la vie dans ta chair, pourtant tu t'accrochais à cette sauvagerie. L'animalité des gestes, les lèvres retroussées, les lettres gutturales, les insultes, la brutalité des regards.

Tu tenais à manger avec les mains, les genoux au sol, même si ton père avait essayé de changer les choses pour l'extérieur : il t'avait appris à te servir d'une cuillère pour les spaghettis, de couverts pour décortiquer les crevettes, il te jetait un regard sévère chaque fois que les dents claquaient contre le métal quand tu buvais ta harira. Mais il n'aurait pas pu deviner l'inconscient des choix qui faisaient la différence entre les parvenus comme toi et les autres : les galettes de riz pour calmer les petites faims, les calissons gourmands, le carré de chocolat noir qui suffit, les assiettes où gisent quelques restes, du temps passé à finir le plat, la mastication lente et le regard qui mange une deuxième fois, celui des femmes au restaurant qui vont jusqu'à garder les mains levées, le majeur touchant le pouce, satisfaites de la vue autant que du goût. Tu n'as pas connu ce raffinement, toi qui as toujours mangé furtivement, debout dans un coin ou assise par terre, tes doigts qui agrippent avidement certaines pâtisseries, qui récupèrent les miettes qui tombent sur la table. Chez toi, manger beaucoup c'est manger bien, les présentations importent peu, la quantité prime sur le reste. Les repas sont silencieux, l'assiette est commune à tous, les doigts se passent de couverts et personne n'y a jamais vu d'incivilité, du moment que l'on faisait attention de n'utiliser que trois doigts (la *pince de crabe*, disait ta mère). En France, certains n'ont aucune honte à mâcher bruyamment, boire en déglutissant lourdement, ne se souciant pas de l'image qu'ils renvoient, parce qu'ils n'ont rien à justifier.

Ton ventre tremble : tu n'as pas mangé depuis ce midi, entre deux services, et l'alcool commence à te monter au crâne. La rencontre avec Quentin a anesthésié la faim. En essayant d'ouvrir le frigo pour chercher quelque chose, tu fais tomber un aimant : un dromadaire avec un tarbouche marocain, objet anecdotique ramené du Maroc pour garder quelque chose de ce temps-là. L'animal chute, sa tête se fracasse au sol. Tu fixes la gueule décapitée, l'air noble sous son couvre-chef. Tu es saisie de vertiges, tu ne sais plus renouer avec le réel, la vision de cette tête arrachée te dégoûte, les parfums deviennent entêtants, l'odeur de sueur, du sexe, du sang qui coule entre les jambes, de la douleur de l'utérus malade. L'orange que ta mère avait épluchée pour toi le jour de la diffusion des photos sur internet, ignorant tout de l'horreur, le liquide acide de l'agrume qui s'enfonce dans la chair à vif sous ton ongle rongé et fait vibrer le pouce. Le Guerlain si cher de Quentin qui te donnait la nausée, jusqu'au duty free de l'aéroport.

Tu es dans ton appartement et tu ne sens plus que la panique calme qui se diffuse sous la peau. Tu essaies de disséquer les sensations du corps, les picotements, de les isoler et les percevoir séparément, puis ensemble. Mais tu as conscience que tout n'est qu'écriture : essayer de retrouver ton corps par les mots contribue à le mettre à distance. Comme les textes érotiques que tu tentais de composer à seize ans, comme les romans que tu lis, comme l'aisance que tu as à écrire « j'ai envie de toi » et l'incapacité de parler au moment véritable.

Ta dissociation du corps est aussi passée par les hommes que tu as aimés. Ta mère a toujours été fascinée par les Européens. Son amour pour toi était rythmé par ces hommes que tu rencontrais à Lyon et dont tu lui parlais, parfois. Chaque fois que ça s'était terminé, elle ne cachait pas sa déception. De n'avoir pas su les garder, eux qui t'ont dit de leurs yeux clairs et froids : tu es brisée, tu es violée, tu es vide, tu es méprisée, tu n'es pas assez féministe car musulmane, tu es trop apprêtée car beurette. « C'est dommage, il était beau », insistait ta mère. Et son mépris pour Ilias, pour ses cheveux crépus, ses lèvres épaisses et sa peau mate. *C'est dommage.* « Ne te marie jamais avec un Arabe », elle avait dit un jour, ne parlant que d'elle, alors que vous marchiez pour rejoindre ton père qui attendait dans la voiture et que tu ne quittais pas des yeux. Un Arabe. Voilà tout ce qu'il était. Et toi ?

Lorsque ton corps disparaissait, les photos ressurgissaient, te réconciliaient. Puis chacune d'elles publiée sur internet, chaque coup de reins, t'avaient fait te quitter à nouveau. Sur les photos, la peau paraissait douce et les cuisses fermes n'étaient plus striées de coups de ceinture, elles devenaient tiennes, ton ventre et tes seins qu'une tante pinçait à la puberté te réappartenaient. Ton sexe, que tu sentais se serrer quand on te menaçait d'y mettre du piment pour punir les filles qui n'obéissaient pas. Les adultes riaient de la blague et de sa perversion, le frisson te traversait et ne t'a jamais quittée depuis. Tout ceci était lavé par les photos, puis taché par elles. Et aujourd'hui tu ne sais plus vraiment où tu en es.

À Tanger, les rues étaient bruyantes ; les motos, les voitures et les taxis, les cris des vendeurs de journaux courbés sous le poids du papier, des maraîchers ambulants qui vendaient leurs fruits sous le soleil. Le brouhaha et les klaxons et les mosquées et les églises et les gens qui parlent fort et rient. Puis le silence de l'appareil photo. L'immobilité qu'exige le minuteur, la poitrine apaisée.

Pourquoi t'as pris ces photos ? demandait Seb le flic. Peut-être aurais-tu dû lui parler du piment frotté sur les gencives et des jambes frappées pour enlever le sable et des tétons pincés pour signifier l'adolescence et du sang sur les babouches et de la ceinture tirée brutalement du pantalon et du bruit sourd des coups suivi de cris étouffés et de l'eau qui fait couler le sang entre tes jambes et de l'odeur de latex qui ne part pas et des cheveux arrachés au-dessus de la nuque et du cœur qui s'arrête chaque fois qu'on toque à la porte. Peut-être à ce moment-là, Seb le flic se serait-il tu et aurait-il pris ta plainte. Mais tu l'as laissé les qualifier de *photos de charme* à son collègue au téléphone, qui devait t'imaginer en cam-girl kitsch des années 80, et tu t'es tue, laissant ton corps à côté de toi. La dissociation nécessaire pour supporter l'humiliation qui se répète, au commissariat comme à la préfecture, où tu devais supporter les quatre heures d'attente, dès cinq heures du matin, passées debout sous la pluie sans broncher. Les enfants qui pleurent, les femmes qui déplient les chaises à l'aube. Et toi, immobile et impassible, conditionnée par une vingtaine d'années d'existence qui t'ont permis d'attendre sous la pluie sans bouger, de cinq heures du matin à neuf heures, heure sainte où les grandes portes de la préfecture s'ouvrent. Ta seule crainte étant d'inonder ton passeport caché dans la poche de ta veste. Car sans lui, il n'y a plus rien.

13.

Il est quatre heures et demie du matin. Tes valises sont fermées. Le lit n'est pas totalement défait, le silence pèse. Tu réfléchis.

Une partie de ton enfance restera à jamais enfouie, pour Quentin et pour tous les autres. Les étés passés dans le *douar* natal de ton père, celui d'un chef de la résistance exécuté par la France, *douar* où tu courais en dévalant les vallons, d'une maison à une autre, et où une jeune fille, Chadia, élevait des pigeons. Ses yeux vert-gris brillaient, sa fossette se creusait avec malice lorsqu'elle te tendait délicatement l'œuf qu'elle avait pris soin de cacher dans son pull troué. Tu grimpais l'arbre avec elle, fascinée et légèrement dégoûtée par le nid que Chadia surveillait chaque jour. Vous faisiez ensuite des courses à cheval, sur lequel tu étais obligée de grimper sans rênes, poussée par quelqu'un, avant de t'asseoir sur une selle en paille. Tu arrives encore à sentir le sang chaud du cheval auquel tu t'agrippais, la joue contre sa crinière, et le sentiment de liberté qui emplissait tes poumons d'enfant. Une fois rentrée en ville, tu passais tes nuits dans le lit de ta mère, où celle-ci ne cessait de te demander si l'homme (un cousin, *a priori* ; tout le monde est cousin dans le *douar*) avec qui tu étais partie en promenade ne t'avait pas touchée. Et le corps d'enfant qui avait peur lorsqu'il entendait cette question, pressentant les conséquences qu'elle impliquait sans savoir ce que cela représentait *d'être touchée*, le corps d'enfant fixant le plafond invisible dans la pénombre, répétant « non, il ne m'a pas touchée ».

Tes oncles paternels ne t'appelaient que par ton nom de famille, te rappelant tes origines, te signifiant que tu n'étais pas différente d'eux, même si tu essayais, même si ta mère, cette citadine, était la seule à ne pas se voiler. Les hommes se lavaient les mains dans une bassine que les femmes portaient et faisaient tourner en même temps que la serviette partagée par tous, et se répandait l'odeur du savon fondu dans l'eau chaude qui envahissait l'endroit, les gouttes d'eau qui tachaient le sol en terre. Au début, tu étais la seule fille à table avec eux, fixant la viande luisante de gras, symbole de festin. Tu te souviens d'avoir débarrassé ensuite, bien qu'on te l'interdisait, *laisse, elles feront*, pour voir les femmes des oncles manger les restes de leurs maris, à même le sol, rigolant entre elles. Les discussions sont plus légères entre femmes, malgré la misère du repas. Tu voulais manger avec elles, plutôt que de devoir surveiller ta posture et ta tenue au milieu des hommes, mais cela aurait été vu comme offensant. Tu avais fini par le faire après la puberté. Ta cousine Kawtar t'emmenait avec elle des après-midi entiers pour surveiller les moutons paître (tu as su plus tard qu'enfant, ton père aimait sécher l'école coranique pour aller accompagner les garçons de son âge qui gardaient les moutons). Kawtar filtrait l'eau du puits à travers son voile, comme si cela suffisait pour la rendre potable. Les moutons dormaient près de vos chambres, on caressait tendrement la jument chaque matin. Dans le *douar*, on est plus tendre avec les bêtes qu'avec les femmes. Tu n'as jamais revu Kawtar, mariée depuis. Il t'arrivait de demander de ses nouvelles à ton père, puis l'annonce de ce mariage t'avait accablée, et tu avais préféré ne plus savoir. T'en tenir à l'absence, aux mêmes histoires ressassées inlassablement.

L'aube commence à passer à travers les stores baissés, les premières lumières du matin éclairent les murs blancs de l'appartement que tu t'apprêtes à laisser derrière toi. Tu ne rêves plus que de l'avion qui transperce les nuages puis les fait disparaître au fur et à mesure que tu approches de ton pays. L'air se fait plus chaud, la Méditerranée n'est qu'une tache bleue infinie parsemée de blanc, où tu as rêvé de te noyer tant de fois. Puis le cœur qui s'arrête de battre lorsque les roues de l'avion se heurtent au sol. La sensation de soulagement à l'idée d'être arrivée qui se mêle systématiquement au profond malaise dans la file d'attente de la douane du petit aéroport, où tu reconnais certains visages qui te toisent d'un regard mauvais. C'est ce que tu imagines du moins, persuadée que tous ont vu les photos. Ta blessure ravivée par leurs regards, alors que c'est là que tu espérais soulager la douleur de ton étrangeté lyonnaise. Tu voudrais tout retrouver : Brel suivi de Fairuz, deux univers qui s'étaient côtoyés durant toute ta vie. Retrouver les nids des cigognes au-dessus des mosquées, les vieux bateaux qui bronzent au soleil, la vieille église repeinte depuis, enfermant l'enfance sous la peinture. Retrouver les murs jaunâtres, couleur regrettée et qui paraissait si tendre en comparaison des murs austères de l'appartement à Lyon. La seule fois où tu étais rentrée depuis était pour enterrer le souvenir de ton grand-père. Une familiarité glacée : les bougainvilliers étaient morts, la terre du jardin avait séché, le puits était aride, le vieux fauteuil du grand-père avait disparu immédiatement après son décès, laissant un trou béant. Tout était si solennel et si sensible, tu entendais à peine les paroles étouffées de tes proches. Petite, tu ne savais pas toujours quoi dire à ton grand-père, alors tu lui lisais le journal en arabe, et il t'écoutait les yeux fermés, un petit sourire en coin. Il était toujours vêtu de son *selham* lourd et élégant, qui lui donnait une grandeur imposante. À sa femme, il parlait amazigh, sans que leurs enfants ne l'aient appris, comme pour sauvegarder une intimité. Après le décès de son épouse, on le surprenait parfois en train d'écouter une vieille chanson populaire amazighe, les yeux fermés, le visage penché et l'oreille tendue vers la radio. Avec sa mort, tu avais perdu les dernières traces de ton identité, de celle qui jouait avec la terre et les bougainvilliers, qui volait la canne en bois pour s'en servir comme arme et jouer à la guerre, celle qui regardait la carabine avec fascination, saisissant à moitié la douleur d'une guerre que le grand-père avait dû faire pour un pays qui n'était pas le sien. Le *selham* est toujours accroché à une porte, signe dernier de son passage. En errant dans les couloirs froids de la grande maison désormais vide, tu avais retrouvé le chaud après-midi de juillet, où tu t'asseyais au milieu de tes tantes et de tes cousines, un monde essentiellement féminin où tu entendais ce mot qui te déchire aujourd'hui encore, ce mot arabe qui veut dire ronde, grosse, et qui se traduit littéralement par *pleine*. « Non mais Alia n'est pas comme sa cousine, elle est *pleine*. Ça ne lui irait pas. » Et la haine de ton corps lorsque ta mère t'emmenait au hammam, des larmes de rage et de colère de n'être que ce corps rond, plein, difforme. Tu t'étais levée cet après-midi en entendant les mots de la tante et avais couru, très loin. Personne n'était venu te chercher, tu étais restée seule assise dans la pénombre, alors que tu commençais à avoir faim et froid, avec la lumière de la cuisine allumée d'où s'échappaient l'odeur du dîner ainsi que les bavardages des tantes et de ta mère. Seul le chien que tu n'aimais pas était venu te voir, les yeux suppliants, ces yeux infâmes que tu avais toujours détestés, sans doute parce que tu y avais vu ton reflet. Aujourd'hui, tout cela est très confus, tu ne gardes de cette rancœur qu'une dysmorphie ravageuse qui te ronge chaque jour un peu plus, lorsque tu constates, avec satisfaction, les côtes saillantes et les clavicules qui dépassent, le thorax proéminent entre les seins, amas d'os que tu empoignes et palpes inconsciemment entre deux discussions. Fouiller la chair pour essayer de voir ce qui dépasse, le trop-*plein*.

En errant dans les couloirs blancs et froids de la grande maison, tu avais revu une de tes tantes, la plus mystérieuse sans doute, celle qui t'avait toujours fascinée autant qu'elle t'inquiétait. La seule qui ne s'était pas mariée, qui n'avait jamais eu d'enfant, qui n'avait personne, en réalité, hormis une chambre secrète ainsi qu'un homme inconnu qui lui envoyait des messages et qu'elle voyait une fois par an, quelque part en Europe. Ta tante Lina a toujours été d'une élégance singulière. Dans ses vieux albums photo, tu la regardais jeune, posant devant les bougainvilliers. Son sourire était radieux, ses cheveux courts et sa bouche rouge lui donnaient des airs de Lobna Abdel Aziz. Tu te souviens d'un soir estival, alors que tu étais enfant, où Lina était sortie dans le noir en hurlant, frappant l'intérieur de ses poignets contre la table en zellige, avant de partir dans la nuit. Tu l'avais suivie de loin, inquiète qu'il lui arrive quelque chose, paniquée à l'idée qu'elle prenne la voiture et disparaisse dans la ville inconnue. Car de cette ville, tu n'as vu que la maison des grands-parents, sans jamais en sortir – on vous faisait croire que le voisin était un loup et qu'il ne fallait pas regarder à travers les lierres qui séparaient les deux maisons. Tu ignores pourquoi tu l'avais suivie ce soir-là, toi qui n'étais pas particulièrement proche d'elle. Avant de s'enfuir, Lina avait jeté des assiettes en verre au sol, débris que tu avais longtemps fixés le lendemain, alors que tes parents sortaient les bagages pour les mettre dans le coffre et partir. Ton père ignorait tout, comme tous les hommes de la famille : il y avait des secrets qui se devaient de rester féminins. Un autre souvenir te revient. Celui d'un chant, que tu avais lu dans un livre français et dont tu avais inventé le rythme : *Mon papa, ne veut pas / Que je danse, que je danse / Mon papa, ne veut pas / Que je danse la polka / Il dira, ce qu'il voudra / Moi je danse, moi je danse / Il dira, ce qu'il voudra / Moi je danse la polka.* Tu ignorais – et ignores encore, préférant le mystère – ce qu'était réellement la polka. Tu chantais tout de même en faisant le tour de la grande table ronde du salon, habillée de ta robe rose fleurie, vivant à travers les chansons lointaines les histoires d'un pays dont tu ne connaissais rien, hormis la langue, héritage colonial. Dès lors que ton père rentrait, la chanson s'évanouissait, de crainte qu'il y voie une rébellion que tu n'as jamais désiré montrer ni même ressentir.

Tu avais compilé et noté tous ces souvenirs dans un carnet, et les graver t'effraie autant que les photos. *Je hasarde une explication : écrire, c'est le dernier recours quand on a trahi.* Tu vis l'écriture de ces moments comme une infidélité. C'est sans doute pour cela que tu avais été rassurée par ta vie à Lyon, bien que triste ; tu n'y étais plus qu'un prénom. Tu n'étais que toi, coupée d'un arbre généalogique inconnu de tous. Dans le métro, dans les rues, n'être qu'une silhouette éphémère, un corps nébuleux qui s'offre pour disparaître, et cette sensation de liberté t'avait grisée. Tu avais eu l'illusion d'être libre, mais avec le retour de Quentin, l'illusion n'était plus. Désormais, ton prénom et ton nom de famille étaient inséparables. À tous pourtant restera invisible une part de la vie d'Alia, celle passée dans les campagnes de ton pays, auprès d'une famille dont tu ignores tout aujourd'hui.

14.

La cigarette grésille dans le noir de la chambre. Tu sens la première bouffée monter, atteindre le crâne, te caresser avant que la fumée ne s'enfuie des lèvres. Les mains tremblent, tu as le vertige, le goût amer qui rend folle. Fumer seule tient encore de la subversion quand à Tanger le vendeur de tabac disait « plutôt des Light pour toi, non ? » et que tu refusais. Tu essaies de te relever, rien que pour tituber un peu, rien que pour cette sensation d'oubli. L'envie de s'effondrer, le temps d'une cigarette fumée rapidement pour que Quentin cesse d'exister. La bouteille de vin est terminée. Tu tentes de prendre le temps, déguster chaque sensation dans cet appartement que tu te prépares à quitter. Il t'arrive parfois de te priver plusieurs jours de fumer pour retrouver ensuite cette perte de repères. Le dos au mur pour te tenir droite, tu te vois danser dans les bras d'Ilias, le visage enfoui contre son cœur, à boire son parfum, la douceur de son corps. Tu n'en peux plus, pestes contre l'amertume du goût et du souvenir, la tête en arrière, les lèvres sèches. La fumée ondule dans la nuit et se libère peu à peu, tu écrases le reste du mégot, fermes les yeux un instant, le vent caresse tes cheveux humides, tes jambes nues. Tu t'imprègnes du moment, sans pouvoir esquisser un mot, pas même un gémissement, ni un sourire. Quand tu venais d'arriver en France, tu n'osais pas encore fumer en public, dans la rue tu regardais avec envie les femmes faire. À Tanger, quand ce n'était pas avec Quentin, tu devais te cacher avec une copine dans une impasse abandonnée, où vous allumiez discrètement vos cigarettes, prenant soin d'éviter les quelques cafards ou passants qui vous prenaient pour des prostituées.

Il ne te reste plus grand-chose de ce que tu te surprends à appeler « ta vie d'avant », seuls quelques instants gravés dans ta mémoire, des images qui t'obsèdent autant qu'elles te rassurent. Tu aimes les rabâcher, te créant ton propre roman. La dernière fois que tu avais vu Ilias, tu lui avais écrit une lettre jamais envoyée.

Je suis sur le quai de gare à Casa, je rentre chez moi. Le ciel semble plus tendre chez toi. Il fait plus frais ici, les gens s'activent autour de moi mais j'ai une heure trente de vide. Une heure trente assise sur ce banc à fixer le sol un peu terne. Il n'y a rien de plus triste qu'une valise que l'on déballe au retour d'un voyage. Les souvenirs fuient. N'en restent que les regrets. J'ai retrouvé ton odeur sur un de mes vêtements. C'est déroutant d'être au milieu de ces gens qui ne te connaissent pas, de marcher dans cette ville qui est la tienne, en gardant les effluves de nos étreintes. Comme une volonté d'exposer au monde un secret qui restera le nôtre. Notre relation est étrange et j'ai peur de ne plus en vouloir. Ou d'en vouloir plus. Ou de ne rien vouloir du tout. En ai-je au moins le droit.

Une demi-heure est passée. J'aimerais t'envoyer un message pour te demander de venir me retrouver ici. Prendre un café, t'entendre parler. Te caresser distraitement le bras, chercher le grain de beauté sur ta peau mate, notre intimité éphémère, sentir le cœur battre et essayer, ne serait-ce qu'un moment. Puis disparaître à nouveau. Après tout, n'est-ce pas ce que l'on fait de mieux ?

J'ai froid, et j'ai aussi beaucoup de choses à te dire. Des choses que je cherche dans ton regard mais que je ne retrouve plus. Je suis fatiguée. J'ai très peu dormi. Mais tout ceci n'importe plus quand tu es là. J'ai envie de te reprocher ton absence. Pourtant, tu ne sais pas que je suis là. Tu serais étonné de savoir combien de fois je suis passée près de chez toi sans te dire un mot. Doucement, nous finirons par nous oublier.

N'est-ce pas ?

Tu as l'impression d'avoir vieilli, de ne plus rien avoir à vivre, à raconter, plus rien à expérimenter. À Lyon, tu t'es rapidement enfouie dans un drap noir de routine qui contraste tant avec ce que tu as connu. Tu as pensé chaque jour à cette course effrénée que tu suivais depuis des années, en attendant qu'elle s'arrête. Peut-être as-tu toujours attendu que Quentin finisse par arriver devant le restaurant. Tu ne t'es jamais autorisée à regarder derrière toi, les rencontres que tu as faites ont été furtives, les sorties nocturnes, les balades seules. Tu t'es enfermée à côté de ton corps et tu as attendu, sans regarder derrière, persuadée que tourner la tête suffirait à te montrer l'inutilité de la course. Plus tu avançais et moins tu avais l'impression d'arriver quelque part, avec la sensation de déjà-vu chaque fois que tu parlais de toi, les questions « d'où tu viens » et « c'est comment de grandir au Maroc » te laissaient circonspecte, ne sachant que répondre, où commencer et où s'arrêter. Le ridicule et la honte que tu ressentais se projetaient constamment dans le regard de tes interlocuteurs. Tu étais déphasée, entre un ici et un là-bas ne cessant de fusionner. À mesure que les saisons s'écoulaient la première année, tu t'es sentie incapable de nouer des liens. Seule près des fenêtres des appartements étrangers, toujours à l'affût de la porte de sortie, tu passais des soirées à regarder le cours Vitton, le quartier de la Guillotière, la Saône, le Rhône. Sans cesse la même passivité face à l'infini des possibles qui s'offraient à toi. Tu regardais les visages des hommes qui traversaient, tu avais envie de descendre et de courir dans les grands boulevards calmes, et tu te répétais : « Maintenant que je suis en France, tout est possible. » Mais chaque pas en avant te faisait revenir en arrière. Une trajectoire circulaire. Et aussitôt, les cuisines lyonnaises s'effaçaient et laissaient place à ta cuisine adolescente, où tu apaisais tes insomnies en fixant les rues vides du Maroc, un verre de lait froid à la main. Adolescente, tu restais assise à regarder Tanger se faire à travers ta fenêtre, imitant inconsciemment ton père, alors que dans ce quartier administratif il n'y avait plus que des chats errants qui rôdaient au soleil couchant, et quelques prostituées avant l'aube. Tu finissais par te lever avec peine, une lenteur pesait, malgré la musique et les voix du salon lyonnais. La cuisine de ton adolescence se substituait peu à peu aux cuisines lyonnaises. Rouge cerise, comme la nappe, comme la bouilloire, comme les murs, comme les lèvres boudeuses, abruties par le sommeil qui laissait des traces sur les bras, les mains, les seins, les joues. Le bruit de l'eau qui bout interrompait toutes les pensées, imposait un vide pesant sur l'appartement tangérois silencieux, les fenêtres toujours grandes ouvertes, l'air méditerranéen et iodé éveillant les sens. Les lingots de sucre qui fondaient sur les feuilles de menthe sous l'eau bouillante. Les deux rives n'ont jamais été aussi éloignées que maintenant. Les références françaises que tu avais intégrées à Tanger prenaient une autre tournure à Lyon : le serveur s'étonnait que tu fredonnes Brel. *Quoi, mais tu connais ?* On te voulait absolument étrangère ; ta ressemblance décevait.

Mais si tu venais à rentrer, te reconnaîtraient-ils comme une des leurs ? Ilias te retrouverait-il, ne t'es-tu pas dénaturée au fil des mois, par les doutes, le vin, la solitude ? Tu tritures ton corps pour retrouver ces sensations premières, lorsque tout semblait à vif, comme cette fois où tu t'étais accidentellement retrouvée happée dans un cortège de la Gay Pride lyonnaise alors que tu allais au travail, il y a un an déjà. Sans t'en rendre compte, tu étais passée de la démarche rapide qui craint les retards et les retrouvailles au ralentissement forcé par les danses et la musique. Sur ton chemin, des drapeaux multicolores au sol, les fanfares qui ouvraient la voie. Tu avais croisé des femmes aux seins nus qui marchaient, et tu t'étais mise à pleurer brutalement, des larmes que rien ne pouvait arrêter. Tu étais étonnée de l'émotion ressentie devant ces filles dont la poitrine était couverte de couleurs, de paillettes et de dessins. Les larmes, les ailes. Tu pleurais à cause de ces photos qui t'ont valu tant de honte, et qui paraissaient à présent ridicules au regard de ces filles qui bravaient les rues en montrant ce que tu n'avais même pas osé dévoiler seule devant la caméra. La crainte, l'audace. Les hommes dansaient, et tu avais été transportée par leur hymne. Puis tu les avais quittés par dépit, poussée par une force en toi qui te faisait te sentir neuve. Tu n'avais rien à craindre et tu sentais que la liberté était à portée de main dès lors que tu n'aurais plus honte. Arrivée au Vieux Lyon, tu avais appris par tes collègues que la Gay Pride avait été interdite dans ce quartier, par crainte de la « menace facho ». Les ailes senties dans ton dos et ton ventre s'étaient perdues quelque part vers les pentes de la

Croix-Rousse. Ici, c'est la colline qui prie, la colline qui réprime.

Tu as peur de t'assoupir, peur du réveil qui suivra, de la gueule de bois, de Quentin toujours là. Il est six heures onze et sans réfléchir, tu sors avec toutes tes affaires. Les rues du Vieux Lyon sont désertes. Seules les valises crissent sur les pavés du trottoir, la cathédrale te fixe d'un œil vide. Au détour d'une rue, tu l'aperçois, tétanisée. C'est bien Quentin, là sur le trottoir d'en face. Tu t'arrêtes, *bordel il connaît quand même pas mon adresse !* Il se rapproche, souriant, se voulant rassurant. Tu ne comprends pas, ton premier geste est de reculer mais c'est trop tard, la distance n'est pas assez grande et il n'y a que vous deux à cette heure-là. Et puis, ce réflexe qui te revient naturellement : mieux vaut ne pas le vexer. Lorsque ses cheveux blonds sont balayés par le vent matinal, tu réalises soudain dans le sourire de cet homme qu'il ne s'agit pas de Quentin.

Tu expires, et puis la question qui ronge : s'agissait-il de Quentin hier au restaurant ? Il te demande du feu, et sa phrase est tournée d'une curieuse manière, comme s'il pensait que tu n'en avais pas mais qu'il se devait de demander quand même. Tu restes figée, coincée dans le souvenir d'hier qui paraît déjà lointain – était-ce lui ? Sais-tu vraiment à quoi ressemble Quentin aujourd'hui ? Tu lui tends le briquet distraitement, sans oser le regarder dans les yeux, il s'en sert pour rallumer sa cigarette éteinte par le vent matinal. Il fixe tes valises, les sourcils amusés : « Tu vas où comme ça ? » Tu as envie de lui dire que ça ne le regarde pas, puis tu te ravises. Personne ne t'attend, il est tôt encore, tu pourrais lui demander de te tenir compagnie, vérifier qu'il s'agit bien de quelqu'un d'autre. Tu hésites entre être honnête ou t'inventer une nouvelle histoire. « À l'aéroport. » Il hoche la tête, comme si tout ça avait un sens, comme si vous vous connaissiez, ce qui contribue davantage à ta confusion. « Quelle destination ? », tu ne sais plus quoi répondre. Seul ton pays franchit le seuil de tes lèvres, le Maroc comme seule évidence, comme si, à la fin d'une journée, au début d'une autre, tu n'avais plus que là où aller. C'est tout ce qui te vient, l'évidence du mensonge finit par devenir réalité : oui, c'est seulement là que tu peux aller. Il sourit. « La famille ? » Tu lances un rire amer, tu détestes cette question, à la fois agacée et soulagée par cette déduction : ton visage parle pour toi. Même s'il ne connaît pas ton prénom, l'inconnu voit à tes traits qu'aller au Maroc signifie que tu rentres *chez toi* ; pas de vacances, pas de Club Med, pas de palmeraies. L'échange est silencieux, le temps qu'il se serve de ton briquet, il a l'air à l'aise. À l'aise comme pourrait l'être Quentin. Tu as à la fois envie que le temps s'arrête, que la discussion dure, mais aussi qu'il disparaisse, te permettant de fuir, horrifiée à l'idée d'avoir ta vie chamboulée pour un mirage. L'image de Quentin disparaîtra-t-elle un jour ? Où peux-tu bien aller pour qu'il ne soit plus ? Tu finis par le laisser là, de toute façon tu n'auras pas besoin de briquet là où tu vas. Te dirigeant vers la Part-Dieu, tu entends sa voix dans ton dos, couverte par le bruit des valises. « Bon voyage ! »

Tu regardes l'écran de ton téléphone, tu aimerais écrire à quelqu'un mais il n'y a pas beaucoup de contacts vers qui te tourner.

15.

Dans l'avion, tu es nerveuse à l'idée de revenir au pays, retourner à cette place ingrate où tu n'as que ton silence pour avoir la paix. Le silence de la soumission. Mais tu ne parlais pas plus fort en France. Après avoir quitté l'inconnu au briquet, tu as machinalement écrit à Ilias, lui demandant si tu pouvais passer chez lui dans quelques heures. Sa réponse n'avait pas tardé, il n'était pas sûr de comprendre mais il a dit oui, oui avec plaisir, bien sûr. *Aji*. Étrangement ça t'a fait sourire, pour la première fois depuis hier tu as souri. La réalité se rapprochait de tes souvenirs. Les deux minutes que tu lui accordais pour qu'il descende de chez lui te retrouver se sont transformées en heures. Et toujours le même engouement, l'impression de pouvoir reprendre là où tout s'était arrêté.

Tu avais trouvé des vols pour Tanger, mais tu savais qu'il était impossible pour toi de rentrer là-bas. Chez toi ne l'était plus, tu repensais immédiatement aux concierges, aux passants, aux taxis, aux voisins, tous les gens qui auraient pu te reconnaître, te retrouver. Ce sera Casablanca. Dans la file à l'aéroport, tu écoutes des conversations de femmes derrière toi. Elles parlent de leurs appartements secondaires, ceux qui les attendent dans votre pays, qui leur font oublier leur misère française. *Est-ce que tu as une piscine ? Ah, parce que nous, si.* Du mépris de ceux qui sont méprisés, dernière vengeance des opprimés. Au milieu des poussettes, des valises pleines à n'en plus pouvoir, chargées d'objets qui veulent signifier que l'on a réussi, même lorsque tout crie l'inverse, tu te sens démunie. Ton ventre se tord sous l'effet de crampes familières, des sueurs froides t'étreignent au milieu de la chaleur ambiante, au milieu des voix et des cris, des lumières bleues t'aveuglent. Tu n'es pas sûre d'avoir dessoûlé.

Ne nous reprochez pas l'exil, ô gens, ne nous reprochez pas l'exil.

Tu ne peux plus continuer de vivre dans l'interstice de ces deux mondes. Si tu sais que ce retour spontané est furtif, cela ne résout pas la question de ce que tu dois faire. Il y a quelques mois, tu avais croisé le chemin d'un homme de ton pays, un électricien, le visage défiguré par une cicatrice à la joue, il jouait de la derbouka dans la nuit chaude qui précède l'orage. Il avait reconnu ton air familier, tu lui avais souri et vous vous étiez mis à parler. Tu ignores son prénom, mais ses mots te reviennent parfaitement. Il t'avait demandé si tu étais heureuse ici, il t'avait confié que sa vie en France était bien difficile, mais qu'il ne reviendrait pour rien au monde au Maroc. « La liberté », il avait dit. « La liberté est quelque chose que l'on n'aura jamais là-bas. » Il t'avait proposé une bière, que tu avais refusée. Il s'était excusé, senti jugé par ce refus. « Je bois, depuis que je suis ici. J'aime bien l'ivresse, mais je ne le ferais pas là-bas. Juste, elle me permet d'oublier. » Tu t'en étais presque voulu d'avoir décliné son invitation, consciente de la façon dont les représentations sont fragiles, même au pays de la liberté. Alors qu'il parlait, une connaissance te fixait, te demandant silencieusement s'il fallait intervenir, si l'inconnu t'embêtait. Tu t'étais contentée de secouer la tête, giflée par le constat qu'un Arabe défiguré par une cicatrice était nécessairement vu comme plus hostile que Quentin et ses yeux bleus. Pourtant, c'était la première fois que tu avais eu une discussion sincère depuis que tu étais ici, qui te remuait profondément. Tu avais confié à l'homme que ton pays te manquait, souvent, mais tu n'arrivais pas à formuler ce qui concrètement te faisait souffrir. Tu avais avoué cela pour la première fois de ta vie, ce manque n'avait jamais vraiment franchi le seuil de tes lèvres ni celui de tes pensées, toi qui avais œuvré chaque jour pour ne pas questionner la fuite, pour ne pas te retourner. Toi qui avais considéré ton arrivée en France comme un achèvement en soi. L'évidence était là, devant la cicatrice et la derbouka : Tanger te manque, viscéralement. Il t'avait fait sourire malgré lui, te disant que tu pouvais toujours avoir les mêmes thés à la menthe dans certains quartiers de Lyon, qu'ils vendaient les mêmes *sfenj*, que les hommes y étaient pareils. Tu avais ri de la platitude de cette réponse, reconnaissante de cette légèreté. Mais la question te taraudait depuis ; que te manquait-il finalement ? Tes parents, ton appartement, ta chambre, ton lit. Tout ceci n'est plus, tu sais que tu ne les retrouveras jamais. Alors, quoi ? L'inconnu avait fini par reprendre la derbouka, et au milieu des jeunes qui dansaient, tu l'avais vue, cette liberté assoiffée.

Un nuage t'avale.

16.

Dans le taxi rouge qui quitte l'aéroport de Casablanca, ton cœur ne cesse de s'affoler. Il s'affole si fort que tu as peur que le chauffeur ne l'entende et devine ce que tu t'apprêtes à faire. Durant le long trajet qui traverse la ville grise, tu repenses à tes premiers mois en France, au tourbillon qui a fini par t'amener jusqu'ici. Prise de panique, tu essaies de saisir ce qui te pousse à aller chez Ilias si tôt, lui que tu ne voyais quasiment que la nuit. Tu repenses à ce qu'il t'avait écrit, le jour après la publication des photos. Sa prose est toujours rythmée d'un « par contre », il met plusieurs points d'exclamation et signe d'un « bien à toi ma chère » dont la solennité te fait sourire. Lui n'oubliait jamais qu'il parlait une langue étrangère. Au téléphone, il finissait par un

« je t'aime » qu'il murmurait presque, là où il n'avait aucune honte à t'embrasser avec insolence. Si vous parliez en arabe, c'était seulement pour vous lancer des piques. Le français était pour les déclarations, et l'anglais pour les confidences. Ilias a cette manière unique de te serrer dans ses bras, d'une intensité renversante, gardant ses mains sur tes hanches ensuite. Parfois, vos deux corps dansaient mollement, ses bras autour de ton cou, toi bercée par sa chaleur à peine parfumée, l'odeur de sa peau, et son rire pur sous le ciel nocturne rendu brûlant par les lumières des feux et des voitures. Sa tendresse est si naturelle qu'il semble ne pas s'en rendre compte. Le taxi s'arrête au feu, et dans les visages des passants tu essaies de retrouver ses cheveux bouclés et noirs, bleuis par la lune. Au fil du temps, tu avais ressenti le besoin de retrouver Ilias comme l'envie pressante d'un « chez-soi », là où les masques tombent et que le silence accueille les larmes d'épuisement. Rentrer et déposer distraitement son cœur sur l'étagère, près du trousseau de clés, s'empresser de s'allonger nue sur le lit. L'apaisement.

Mais à mesure que le taxi approche, tu n'en es plus si sûre. Quelques rues te sont familières, même si Casablanca ne t'a jamais vraiment intéressée. Immense, effrayante, pleine du désarroi de trois millions de personnes qui ont espéré trouver un bonheur matériel, mais ont contribué à rendre la ville inhumaine. Tanger paraît plus loin encore d'ici qu'elle ne l'était de Lyon. Tu cherches inconsciemment l'accent du Nord, l'odeur de friture et des *bocadillos*, les portes bleues, la colline qui donne sur le détroit. Dans ce taxi rouge, tu réalises l'impossibilité d'approcher Tanger et ses taxis bleu ciel ; tu étouffes. Il y a bien un océan ici, il y a bien une ouverture, de l'air, de quoi respirer, et pourtant tu es coupée de toi, coupée des thés à la menthe servis dans un grand verre brûlant qu'il faut tenir du bout des doigts, des jus colorés que tu prenais le matin dans des *lecherias* douteuses sentant le fromage frais *jebli* et l'œuf dur, du cinéma Roxy, Goya, la cinémathèque, les vieilles affiches rouillées, les mosquées colorées et les églises espagnoles austères. Tu regardes autour de toi et il n'y a que des stations d'essence, des tours, un tram, tu n'imagines pas qu'ici aussi puisse être chez toi. La langue, les visages, le pays, ne suffisent pas. Tu t'accroches à l'idée d'Ilias, ultime recours. Tu te répètes son prénom, toute l'affection que tu lui portes et qui te fait sourire chaque fois que tu prononces ces lettres. I l i a s, Ilias, le a comme un é qui prend son temps, le s qui caresse, le i qui traîne. Le chauffeur de taxi te coupe dans ta rêverie, il te parle d'agriculture et de sécheresse, il dit « nous » en parlant de vous deux, comme si vous partagiez un héritage commun, il t'appelle *benti* quand tu arrives à destination. Ma fille. Il te demande d'où a décollé ton avion et tu dis Tanger. Il n'y a qu'elle, tu essaies de la faire vivre dans les mots, *ana men Tanja*, je viens de Tanger, tu forces l'accent et lui rigole. L'accent tangérois les fait toujours sourire, et tu ris avec lui. *Benti.* Ce mot résonne encore dans ton oreille lorsque tu montes les escaliers en trottant. La résidence est silencieuse à cette heure, les coucous et les colombes te rappellent que tu n'es plus à Lyon. Pas même Casablanca, ici il n'y a que la cour, les escaliers, la porte et chez lui.

Tes jambes te guident, elles se souviennent de l'adresse. La seule où vous vous soyez vus ; le monde extérieur est étranger à Ilias et Alia. Personne dans le pays ne savait que vous vous voyiez. Sensation grisante et inquiétante à la fois. Le temps a fait jaunir les étiquettes sur l'interphone. Il n'y a plus son nom de famille que tu avais caressé timidement du doigt, que tu avais imaginé suivre ton prénom. Alia B. L'odeur du hall est la même, les lumières automatiques s'allument, éternelles traîtresses. C'est dans l'obscurité que tu le voyais, d'abord. Au moindre geste, les lumières s'allumaient, signalant la présence de quelqu'un. Tu t'étais habituée à entendre ses pas dévaler l'escalier après avoir claqué la porte de son appartement, bruit sourd qui t'effrayait autant qu'il te réjouissait, dans une excitation qui faisait trembler tes doigts. Tu ne te retournais pas pour le voir arriver, car tu devinais sa démarche désabusée, même si ses yeux disaient qu'il attendait ce moment. Il avance, doucement au début, les épaules qui dansent, puis plus vite à mesure qu'il approche, comme si la distance devenait insupportable. Sa main devance son corps, elle vient vers ta joue, t'attire. Ses lèvres charnues contre les tiennes, violente douceur de lèvres qui s'entrechoquent avant de s'embrasser. Ilias aime tes cheveux, il te le dit souvent, tout bas, en retirant l'élastique qui les attache, toujours, puis il plonge les mains dedans, libérant la crinière. Les lumières s'allument, tu te caches contre lui, pour le sentir, sentir sa peau sous ses vêtements, mais sa chaleur se transforme en feu. Ses épaules te collent au mur et ses mains creusent ta cambrure, avant de rencontrer ton cou, écarter le vêtement qui couvre la peau sensible. Sa langue glisse sur ta gorge, ses dents mordent brutalement, sensations proches de convulsions, et tes mains serrent et tes lèvres s'ouvrent et ta tête cogne le mur froid. L'intensité transforme la glace du marbre en larmes chaudes.

Dans le hall revient le vertige du cœur à t'en faire vomir, la sensation d'être prise sur le fait, l'agréable nausée. Maintenant que tu es si près de lui, tu ne peux plus revenir en arrière, bien que ta lâcheté te l'intime. Tu te regardes dans l'immense miroir qui longe le couloir, debout avec tes valises. La pluie a fait gonfler tes cheveux, de la sueur s'est mêlée à ton parfum. Tu n'as jamais essayé de paraître belle devant Ilias, tu ne l'as sûrement jamais vraiment été. Tu refuses de t'y essayer maintenant, dans un dernier élan qui voudrait tout laisser intact, reprendre là où vous vous étiez quittés. Tu restes pantelante devant sa porte qui tarde à s'ouvrir, fixant d'un œil vide le heurtoir ; une main de Fatma en argent. Pour la première fois, vous vous retrouvez sans l'urgence latente de devoir écourter brutalement votre rencontre suite à un coup de fil annonçant ton couvre-feu.

Un visage apparaît, que tu n'as pas vu depuis des années, qui éteint toutes tes questions pendant une seconde. Tu retrouves ses lèvres tendres, son sourire généreux quoique légèrement moqueur, ses yeux calmes, ouverts à moitié, sa voix douce et familière. Mais ses cheveux ont changé. Il n'a plus les petites boucles crépues dans lesquelles tes mains aimaient s'emmêler. Ils sont désormais courts, lui donnant un nouvel air, moins fou. Son nez paraît plus fin, ses joues creusées. Il a perdu du poids. Sa barbe est plus fournie, elle crépite lorsqu'il y passe ses doigts, en réfléchissant. Tu es un peu désarçonnée : as-tu changé aussi ? Tu le serres dans tes bras, lui fais une bise maladroite. Le temps a passé et a emporté votre adolescence.

Le salon de son appartement est plongé dans le noir, vous bavardez brièvement, l'un assis à côté de l'autre sur les grands matelas bordés de coussins. Vous fixez tous deux l'écran noir vous faisant face. Vous ne vous touchez pas, tu es comme paralysée. Tu sens la proximité de sa peau, la chaleur et l'odeur et le froissement du tissu, pourtant tu n'arrives pas à aller vers lui. Ilias a toujours été ta constante mais tu n'avais pas réalisé que lui avait changé, que sa vie avait continué là où la tienne s'était figée dans la fiction. La dernière fois que tu avais traversé ce salon, la mère d'Ilias y était installée, elle t'avait souri tendrement. Elle n'est plus là désormais, devenue veuve, rentrée auprès de ses propres parents. Tu sens parfois le regard d'Ilias sur toi, il te regarde parler, mais tu n'oses pas rencontrer ses yeux, tu te concentres sur les mots. Tu n'as plus que ça. Tanger s'est muée en mots ; ton corps, Ilias, votre histoire. Tout a été réduit en mots, tu fabules. Maintenant que tu as fait ce chemin pour arriver ici, tu ignores comment continuer.

Tu sais – tu espères – qu'il ressent la même chose ; malgré ses remarques sarcastiques, Ilias est aux petits soins, trahissant sa timidité. Après tant d'années, vous avez perdu l'habitude mais aucun de vous n'ose l'avouer, du moins c'est ce que tu te répètes pour te rassurer. Lentement, vos deux mains froides se frôlent, se caressent, se serrent, sans se réchauffer. Les doigts d'Ilias apprivoisent lentement tes bagues, il en fait le tour, en retire quelques-unes, les observe, pour les remettre ensuite sur tes phalanges qui tremblent. Le coulissement de l'argent sur la peau te fait frissonner, tu fermes les yeux pour ne sentir que ses doigts qui tiennent les tiens, qui te maintiennent. Tu aimerais que cet instant ne s'arrête jamais, ou que tout s'arrête là. Le geste t'ébranle ; aucun homme n'a osé toucher tes bagues à Lyon, comme si elles portaient une histoire qui leur était inconnue et qu'ils préféraient ignorer. Ilias ne demande pas ce qui t'amène ici, si tu rentres pour de bon. Le haschisch qu'il fume laisse une traînée de fumée devant vous, danse nonchalante qui ponctue les nombreux silences. Depuis la mort de son père, un visage plus sombre s'est imprimé sur la hardiesse habituelle d'Ilias, qu'il tente de dissiper par la drogue quotidienne. Il ne pleure pas, parce qu'il ne peut pas, parce qu'il n'aime pas, parce qu'il n'arrive pas, parce qu'on lui a appris trop longtemps à être un *homme* qui ne craque jamais. Mais soudain sa voix tremble légèrement, comme une faiblesse qu'il hésite à te livrer. Il accepte enfin de montrer sa blessure, il la décrit, il raconte ce qu'elle lui fait. Tu te demandes s'il se confie à toi comme l'on se confie à quelqu'un qu'on est sûr de ne jamais revoir, quelqu'un qui n'est que de passage avant que tout revienne à la vie normale. Tu te demandes s'il se confie à toi comme l'on se confie aux morts, aux amis imaginaires, aux gens du passé.

Le canapé où vous vous êtes un jour embrassés est maintenant plein de vêtements entassés, un portrait du père défunt orne un coin du mur. Ilias a désormais un vrai lit, loin du matelas à même le sol sur lequel il t'avait allongée il y a quelques années, alors qu'un air de Pink Floyd caressait les murs. Sa guitare noire est cachée, tu n'oses lui demander où, de peur qu'elle n'existe plus. Tu fixes le lit, sans évoquer le souvenir. Tu te demandes s'il y a quelqu'un qui partage ce lit avec lui, tu es sur le point de lui poser la question quand une petite boîte de comprimés attire ton attention. Posé sur la table de chevet, le médicament sert à calmer les douleurs menstruelles, il est interdit en France. Tu le reconnais parce que tu en achetais clandestinement avec une copine au lycée, auprès de la pharmacienne qui était connue pour vendre les pilules sans ordonnance. Son voile lui accordait une certaine crédibilité ; elle vous donnait les comprimés emballés dans un étui en papier, sans vous regarder, l'air sérieux. Tu observes à nouveau la boîte entamée, puis Ilias, qui ne t'a pas quittée des yeux. En lui souriant, tu sens des larmes t'échapper.

Les heures tournent. Allongé près de ton ventre, la tête dans ses mains, Ilias t'écoute parler, soudain tranquille, lui qui n'a cessé de bouger, de te caresser les cheveux, de changer de position, de musique (Pink Floyd ne passera jamais). Il te regarde, les sourcils froncés, attentif, ponctue parfois ses paroles d'un froissement de barbe. Lorsqu'il n'écoute pas, il raconte des histoires, parle de son père au présent, raconte des anecdotes qu'il rythme d'un *je me demande s'il sait que je lui mentais ce soir-là.* Il rit. Dans son rire tu retrouves l'adolescent. Tout le reste est parti, il est devenu un homme avec un vrai travail qui lui permet de payer sa drogue et cet appartement où il a enterré sa jeunesse. Il n'est plus le garçon avec qui tu jouais à cache-cache et qui fixait tes lèvres avec malice quand il voulait t'embrasser. Les années ont passé, elles ont tué son père, lui ont fait rencontrer une femme qui partage sa vie, ont rendu ses cheveux moins fougueux, l'ont fait devenir propriétaire d'un lieu qu'il fréquentait pourtant peu adolescent. Et toi, tu es restée quelque part hors du temps, un dimanche matin où tes photos se sont retrouvées sur internet. Tu regardes la chambre nimbée d'un soleil brûlant, filtré par les rideaux qui donnent à votre peau et aux meubles une teinte safranée. Tu la vois pour ce qu'elle est : une chambre où toute trace de toi a disparu, la chambre de quelqu'un que tu as connu mais qui n'est plus. Dans cette solitude, tout est clair désormais : les langues ne se mêlent plus. Tu avais oublié combien tout était plus simple quand tu pensais en arabe. Tout vient naturellement, sans que tu n'aies à t'y attarder, à te dédoubler. C'est fini Alia, *safi*.

Tu te lèves et balaies la pièce du regard une dernière fois, prête à t'excuser et t'en aller, avant de tomber sur le collier qu'il t'avait laissé il y a plus de dix ans maintenant, et que tu lui avais rendu dans un élan dramatique quand tu avais compris que vous ne seriez jamais ensemble. Le collier dont l'absence avait scellé ton rapprochement avec Quentin. Tu te jettes sur l'objet, tu l'enroules autour de ton poignet. Tu te mets à rire, tu n'arrives pas à t'arrêter, tu mourrais de rire si tu le pouvais, le rire se change en larmes et les billes du collier roulent entre tes doigts, quelque chose est resté de ce temps-là.

Je n'entendrai plus les bulles de la cocotte-minute éclater lors d'un après-midi ensoleillé,

Je ne serai plus réveillée par le vendeur de journaux ambulant qui crie « Al Massae » ou « Akhbar Al Yawm » le dimanche matin,

Je n'aurai plus les doigts brûlés par le *calienté* acheté à la sortie des cours, ni les lèvres gercées par les pipas de l'épicier près du Roxy,

Je ne ferai plus de châteaux de sable avec mon père, derrière les éoliennes espagnoles floutées,

Je ne boirai plus de thé à la menthe à la plage, les orteils dans le sable et les guêpes près des doigts,

Je ne reviendrai jamais à Tanger.

Cet ouvrage a été imprimé par
CPI Firmin-Didot au Mesnil-sur-l'Estrée
pour le compte des Éditions Grasset
en juin 2023

Mise en pages
PCA 44400 Rezé

PAPIER À BASE DE
FIBRES CERTIFIÉES

Grasset s'engage pour
l'environnement en réduisant
l'empreinte carbone de ses livres.
Celle de cet exemplaire est de :
500 g éq. CO_2
Rendez-vous sur
www.grasset-durable.fr

N° d'édition : 22871 – N° d'impression : 175300
Dépôt légal : août 2023
Imprimé en France